総長《そうちょう》さまスペシャル
もっと甘々《あまあま》♡

＊あいら＊、ゆいっと、美甘《みあま》うさぎ、クレハ・著
茶乃《ちゃの》ひなの、カトウロカ・絵

野いちごジュニア文庫

もくじ

総《そう》長《ちょう》さま、
溺《でき》愛《あい》中《ちゅう》につき。
特別番外編《とくべつばんがいへん》★スイーツイベント？
＊あいら＊・著

暴走族《ぼうそうぞく》No.1《ナンバーワン》
チーム、noble《ノーブル》

地味子《じみこ》姿《すがた》の
由姫《ゆき》を溺愛《できあい》!?

西園寺蓮《さいおんじれん》 高校《こうこう》1年《ねん》

最強《さいきょう》の暴走族《ぼうそうぞく》であるnoble《ノーブル》の総長《そうちょう》。女嫌《おんなぎら》いでクールだが、生《せい》徒会長《とかいちょう》も務《つと》めている。溺愛《できあい》の末《すえ》に、由姫《ゆき》の彼氏《かれし》に。

東舜《あずましゅん》 高校《こうこう》1年《ねん》

noble《ノーブル》の副総長《ふくそうちょう》&生徒会副会長《せいとかいふくかいちょう》。誰《だれ》にでも優《やさ》しいが、中身《なかみ》は真《ま》っ黒《くろ》。とある理由《りゆう》でサラを必死《ひっし》に探《さが》していた。

南凛太郎《みなみりんたろう》 高校《こうこう》1年《ねん》

noble《ノーブル》の幹部《かんぶ》&生徒会会計《せいとかいかいけい》。学園《がくえん》のアイドル的存在《てきそんざい》で、小悪魔《こあくま》。サラに憧《あこが》れ暴走族《ぼうそうぞく》に入《はい》る。

新堂海《しんどうかい》 中学《ちゅうがく》3年《ねん》

由姫《ゆき》のクラス内《ない》のリーダー的存在《てきそんざい》。蓮《れん》たちからは次期総長候補《じきそうちょうこうほ》として一目置《いちもくお》かれている。優《やさ》しく穏《おだ》やかな性格《せいかく》。

由姫《ゆき》のクラスメイト

氷高拓真《ひだかたくま》 中学《ちゅうがく》3年《ねん》

チームに属《ぞく》していない一匹狼《いっぴきおおかみ》。校内《こうない》ではケンカが強《つよ》く恐《おそ》れられている存在《そんざい》だが、由姫《ゆき》とは幼《おさな》なじみで、クラスメイト。双子《ふたご》の華生《かよい》・弥生《やよい》とは犬猿《けんえん》の仲《なか》。

財光寺要司朗《ざいこうじようしろう》 中学《ちゅうがく》3年《ねん》

中《ちゅう》2の時《とき》に現《あらわ》れた転入生《てんにゅうせい》で、由姫《ゆき》の前《まえ》の学校《がっこう》でのクラスメイト。ふだんは無口《むくち》で無表情《むひょうじょう》だが、由姫《ゆき》に対《たい》しては甘々《あまあま》。サッカーが得意《とくい》で、有名《ゆうめい》なクラブにスカウトされるほどの実力《じつりょく》をもつ。

伝説《でんせつ》を作《つく》った最強《さいきょう》の美少女《びしょうじょ》

白咲由姫《しらさきゆき》

通《とお》り名《な》/サラ 中学《ちゅうがく》3年《ねん》

ワケありで地味子《じみこ》ちゃんに変装《へんそう》していた美少女《びしょうじょ》。本来《ほんらい》の姿《すがた》はとてつもなくかわいいが本人《ほんにん》は気《き》づいていない。曲《ま》がったことが大嫌《だいきら》いで、ケンカは負《ま》けなし。蓮《れん》と恋人同士《こいびとどうし》。

サラ（本当《ほんとう》の姿《すがた》）　由姫《ゆき》（地味子《じみこ》の姿《すがた》）

暴走族《ぼうそうぞく》No.2《ナンバーツー》 チームfatal《フェイタル》

天王寺春季《てんのうじはるき》 高校《こうこう》1年《ねん》

fatal《フェイタル》の総長《そうちょう》で、風紀委員長《ふうきいいんちょう》。由姫《ゆき》の元《もと》カレで、由《ゆ》姫を溺愛《できあい》している。再《ふたた》び由姫《ゆき》に振《ふ》り向《む》いてもらえるように努力中《どりょくちゅう》。

如月弥生《きさらぎやよい》（左《ひだり》）＆華生《かよい》（右《みぎ》） 中学《ちゅうがく》3年《ねん》

由姫《ゆき》のクラスメイトの生意気《なまいき》な双子《ふたご》。海《かい》とは所《しょ》属《ぞく》が違《ちが》うため仲《なか》が悪《わる》い。由姫《ゆき》のことが好《す》き。

凰冬夜《おおとりとうや》 高校《こうこう》1年《ねん》

fatal《フェイタル》の幹部《かんぶ》＆風紀委員《ふうきいいん》メンバー。気分屋《きぶんや》な春季《はるき》に呆《あき》れ気味《ぎみ》。サラに昔《むかし》から片想《かたおも》いをしている。

難波夏目《なんばなつめ》 高校《こうこう》1年《ねん》

fatal《フェイタル》の副総長《ふくそうちょう》＆風紀委員《ふうきいいん》メンバー。可愛《かわい》い見《み》た目《め》とは裏腹《うらはら》に狂暴《きょうぼう》だが、由《ゆ》姫《き》に影響《えいきょう》されて心《こころ》を入《い》れ替《か》え始《はじ》める。

あらすじ
わたし、由姫《ゆき》。
ワケあって、地味子《じみこ》に
変装《へんそう》して転校《てんこう》したら…
そこは、
超《ちょう》イケメン不良《ふりょう》だらけの中学校《ちゅうがっこう》だった!?
校内最強《こうないさいきょう》の総長《そうちょう》・蓮《れん》さんは
女嫌《おんなぎら》いで冷《つめ》たい態度《たいど》。

でも、同《おな》じ寮《りょう》に入《はい》って
急接近《きゅうせっきん》!?
今回《こんかい》はfatal《フェイタル》のなっちゃんたちと、
スイーツイベントへ行《い》くことになったけど…?
「じつはケンカが強《つよ》い」という私《わたし》のヒミツも
受《う》け止《と》めてくれて…
なんと両想《りょうおも》いに！
蓮《れん》さんがまさかの
ヤキモチ…!?
続《つづ》きは本文《ほんぶん》を読《よ》んでね♡

突然《とつぜん》のお誘《さそ》い

私《わたし》の名前《なまえ》は白咲由姫《しらさきゆき》。西園寺学園《さいおんじがくえん》に通《かよ》っている、中学三年生《ちゅうがくさんねんせい》。

西園寺学園《さいおんじがくえん》は、中高一貫《ちゅうこういっかん》の県内《けんない》トップの進学校《しんがくこう》。

……というのは表向《おもてむ》きの評判《ひょうばん》で……別名《べつめい》「暴走族《ぼうそうぞく》の巣窟《そうくつ》」と呼《よ》ばれている不良校《ふりょうこう》だ。

西園寺学園《さいおんじがくえん》には、ふたつの不良《ふりょう》グループが共存《きょうぞん》している。

ナンバー2のfatal《フェイタル》と、ナンバー1のnoble《ノーブル》。

もともと私《わたし》は、fatal《フェイタル》の総長《そうちょう》である『春《はる》ちゃん』こと天王寺春季《てんのうじはるき》と付《つ》き合《あ》っていたけど、いろいろあって別《わか》れることになった。

春《はる》ちゃんとのことで、落《お》ち込《こ》んでいた私《わたし》を救《すく》ってくれたのは……。

『お前《まえ》のことは、俺《おれ》が守《まも》る』

noble《ノーブル》のトップ……総長《そうちょう》である、西園寺蓮《さいおんじれん》さんだった。

春《はる》ちゃんと別《わか》れたばかりで前《まえ》に進《すす》めずにいた私《わたし》に、好《す》きだと言《い》ってくれて、私《わたし》の気持《きも》ちの整理《せいり》ができるまでずっと待《ま》っていてくれて……そんなヒーローみたいな蓮《れん》さんのことを、いつの間《ま》にか私《わたし》も好《す》きになっていたんだ。

今《いま》は蓮《れん》さんと恋人同士《こいびとどうし》になって、毎日幸《まいにちしあわ》せな日々《ひび》を送《おく》っている。


それは、お昼休《ひるやす》み。いつものようにみんなと食堂《しょくどう》でご飯《はん》を食《た》べて、教室《きょうしつ》に戻《もど》っている時《とき》だった。

「由姫《ゆき》〜！」

あれ……なっちゃん？

名前《なまえ》を呼《よ》ばれて振《ふ》り返《かえ》ると、そこには何《なに》かを握《にぎ》りしめて走《はし》ってくるなっちゃんの姿《すがた》が。

ちなみに、なっちゃんは難波夏目《なんばなつめ》だからなっちゃんで、ナンバー2である暴走族《ぼうそうぞく》のfatal《フェイタル》では副総長《ふくそうちょう》を務《つと》めているんだ。ひとつ年上《としうえ》の、西園寺学園《さいおんじがくえん》に入《はい》る前《まえ》からのお友達《ともだち》。

なっちゃんは私《わたし》の前《まえ》で立《た》ち止《ど》まって、「はい！」と握《にぎ》りしめていたものを渡《わた》してくれた。

「スマホ落《お》としてた……！」

「わっ……ありがとう……！」

ほんとだ、ポケットにない……！

座《すわ》っていた場所《ばしょ》に落《お》としてたのかな……なっちゃんが届《とど》けてくれて、助《たす》かったっ……。

「あっ……」

スマホを受《う》け取《と》った時《とき》、通知画面《つうちがめん》が目《め》に入《はい》った。

それは〝待《ま》ち望《のぞ》んでいたメッセージ〟で、思《おも》わずスマホを握《にぎ》る手《て》に力《ちから》が入《はい》る。

「どうしたの？」

「抽選結果《ちゅうせんけっか》が来《き》てる……！」

「抽選結果《ちゅうせんけっか》？」

不思議《ふしぎ》そうにかわいく首《くび》をかしげたなっちゃんに、私《わたし》は微笑《ほほえ》んだ。

「じつは来週《らいしゅう》、大人気《だいにんき》のスイーツ店《てん》でチョコレートスイーツのイベントがあるの……！」

私《わたし》は甘《あま》いものが大好《だいす》きで、その中《なか》でも苺《いちご》とチョコレートが大好《だいす》き。

今回《こんかい》のイベントがあることを知《し》って、行《い》かない選択肢《せんたくし》はなかった。

「どうしても行《い》きたくて、抽選《ちゅうせん》に応募《おうぼ》したの……！」

「当選《とうせん》した？」

「み、見《み》てみる……！」

一応校内《いちおうこうない》にスマホを持《も》ち込《こ》むのはＯＫ《オーケー》だけど、緊急《きんきゅう》の連絡以外《れんらくいがい》での利用《りよう》は禁止《きんし》されているから、こっそりスマホを操作《そうさ》してメッセージを開《ひら》く。

どうか、当《あ》たっていますように……！

神《かみ》にもすがる思《おも》いだったけど、画面《がめん》に映《うつ》った文字《もじ》を見《み》てがっくりと肩《かた》を落《お》とした。

「ら、落選《らくせん》……」

そうだよね……大人気《だいにんき》って書《か》いてあったし……。

「ゆ、由姫《ゆき》、元気出《げんきだ》して……！」

「う、うん、もともと人気《にんき》で倍率《ばいりつ》も高《たか》いって聞《き》いていたし、仕方《しかた》ないよね」

そう自分《じぶん》を言《い》い聞《き》かせるけど、ショックは大《おお》きかった。

広告《こうこく》に載《の》っていたケーキ、本当《ほんとう》においしそうだったから……食《た》べたかったな……。

って、落《お》ち込《こ》んでたらなっちゃんに心配《しんぱい》かけちゃう。

「それじゃあまたね、なっちゃん！」

「うん……！」

笑顔《えがお》でなっちゃんとバイバイして、再《ふたた》び教室《きょうしつ》に戻《もど》る。

だけど足取《あしど》りは重《おも》くて、自然《しぜん》とため息《いき》がこぼれてしまった。


夜《よる》になって、いつものように学園内《がくえんない》にある寮《りょう》の蓮《れん》さんのお家《うち》でご飯《はん》を食《た》べる。

「ごちそうさま。今日《きょう》もうまかった、いつもありがとう」

私《わたし》が作《つく》った料理《りょうり》を、毎回《まいかい》褒《ほ》めてくれる蓮《れん》さん。

そんなふうに言《い》ってもらえて、うれしいなっ……。

「こちらこそ。蓮《れん》さんいつもおいしそうに食《た》べてくれるので、作《つく》りがいがあります！」

もう蓮《れん》さんの家《いえ》でご飯《はん》を食《た》べるのが日課《にっか》になっているけど、蓮《れん》さんはいつもありがとうと感謝《かんしゃ》を口《くち》にしてくれる。

やってもらうことが当《あ》たり前《まえ》になってくると、感謝《かんしゃ》の気持《きも》ちが薄《うす》れるって聞《き》くけど……いつだって言葉《ことば》で伝《つた》えてくれる蓮《れん》さんは、最高《さいこう》の恋人《こいびと》だと思《おも》う。

いつも後片《あとかた》づけも率先《そっせん》してやってくれるし、蓮《れん》さんの行動全部《こうどうぜんぶ》から、大事《だいじ》にされてるなって感《かん》じる。

ふふっ、幸《しあわ》せだな……。

――プルルル、プルルル。

電話《でんわ》？　あ、私《わたし》のスマホだ……！

慌《あわ》ててスマホを取《と》ると、画面《がめん》に映《うつ》っていたのは【鳳《おおとり》 冬夜《とうや》】の文字《もじ》。

「あれ、ふゆくんから……」

ふゆくんは、なっちゃんと同《おな》じfatal《フェイタル》というグループに所属《しょぞく》している私《わたし》の大事《だいじ》な友達《ともだち》。

すごく優《やさ》しくて、頼《たよ》りになるお兄《にい》ちゃんみたいな人《ひと》だ。

「鳳《おおとり》？」

「ふゆくんが電話《でんわ》してくることなんて滅多《めった》にないんです。何《なに》かあったのかも……」

もしかして、fatal《フェイタル》に何《なに》かあったとか、危険《きけん》なことに巻《ま》き込《こ》まれたとか……？

心配《しんぱい》になって、急《いそ》いで電話《でんわ》に出《で》た。

「もしもしふゆくん？」

〈由姫《ゆき》？　今《いま》ちょっといいかな？〉

電話口《でんわぐち》から聞《き》こえた声《こえ》は穏《おだ》やかで、ほっと安心《あんしん》する。

緊急事態《きんきゅうじたい》が起《お》こったわけではなさそう……よかった。

「うん、大丈夫《だいじょうぶ》だよ。どうしたの？」

〈じつは……〉

〈由姫《ゆき》！〉

あれ、この声《こえ》は……。

「なっちゃん？　今《いま》ふたりで一緒《いっしょ》にいるの？」

ふゆくんの後《うし》ろから聞《き》こえてきた、元気《げんき》いっぱいの声《こえ》。

〈俺《おれ》もいる〉

春《はる》ちゃんも……!?

「fatal《フェイタル》のみんなでいるんだね！」

幹部三人《かんぶさんにん》で一緒《いっしょ》にいるなんて、仲《なか》よしなんだな。

微笑《ほほえ》ましくて、笑《え》みがこぼれた。

〈あのさ、今日《きょう》、由姫《ゆき》が言《い》ってたスイーツのイベントあるだろ？〉

なっちゃんが言《い》ってるのは、私《わたし》が落選《らくせん》したチョコレートスイーツのイベントのことだと思《おも》う。

〈あのチケット、手《て》に入《はい》ったんだ！〉

「えっ……！　ど、どうして……!?」

〈そのカフェが、難波《なんば》グループの子会社《こがいしゃ》の系列《けいれつ》だったんだ！〉

さ、さすがお金持《かねも》ちの息子《むすこ》……規格外《きかくがい》だ……あはは。

〈だ、だから……えっと……ふたりで行《い》かない？〉

なっちゃんの提案《ていあん》は、すごくありがたい提案《ていあん》だった。

でも……。

「ごめんね、なっちゃん……すごくうれしいんだけど、蓮《れん》さん以外《いがい》の男《おとこ》の子《こ》とふたりで出《で》かけないって決《き》めてるの」

私《わたし》が鈍《どん》くさいせいで、蓮《れん》さんを不安《ふあん》にさせることがたびたびあったから……いくら友達《ともだち》でも、男《おとこ》の子《こ》とふたりきりで出《で》かけるのは控《ひか》えていた。蓮《れん》さんも嫌《いや》だろうから。

蓮《れん》さんは優《やさ》しいから、行《い》かないでほしいなんて言《い》わないけど、その優《やさ》しさに甘《あま》えたくないっていう自分《じぶん》の判断《はんだん》で決《き》めたルール。

大好《だいす》きな人《ひと》のこと、不安《ふあん》にさせたくないし、大事《だいじ》にしたいから……。

じっとこっちを見《み》ている蓮《れん》さんと、視線《しせん》がぶつかった。

蓮《れん》さんは少《すこ》し驚《おどろ》いた顔《かお》をしたあと、うれしそうに微笑《ほほえ》んだ。

〈だから言《い》っただろ夏目《なつめ》〉

〈おい、笑《わら》うな……！〉

電話越《でんわご》しに、春《はる》ちゃんとなっちゃんの会話《かいわ》が聞《き》こえた。

「ごめんねなっちゃん……」

〈う、ううん、謝《あやま》らないで……！〉

せっかく取《と》ってくれたのに、断《ことわ》ることになって申《もう》し訳《わけ》ないな……。

〈由姫《ゆき》、じつは夏目《なつめ》が取《と》ってくれたチケット、最大四人《さいだいよにん》まで行《い》けるんだ〉

ふゆくんの言葉《ことば》に、「え？」と声《こえ》が出《で》る。

〈だから、俺《おれ》と春季《はるき》も一緒《いっしょ》に……ダメかな？〉

なるほど……ふたりだとデートっぽくなっちゃうけど、四人《よにん》でなら……。

「れ、蓮《れん》さんに聞《き》いてから、返事《へんじ》してもいい？」

〈もちろん。いつでも返事待《へんじま》ってるね〉

「ありがとう、ふゆくん！」

〈あ、おい冬夜《とうや》、勝手《かって》に切《き》――〉

電話《でんわ》が切《き》れて、なっちゃんの声《こえ》が途切《とぎ》れた。

最後《さいご》何《なに》か言《い》おうとしてたのかな？　聞《き》きそびれちゃった、あはは……。

「うるさいやつだな……」

「き、聞《き》こえてましたか？」

「難波《なんば》の声《こえ》だけは」

なっちゃんの元気《げんき》な声《こえ》は、想像以上《そうぞういじょう》の大音量《だいおんりょう》だったみたいだ。

よし……蓮《れん》さんに、確認《かくにん》してみよう。

「あの、じつは……」

私《わたし》はチョコレートスイーツのイベントがあること、落選《らくせん》してしまったこと、なっちゃんがチケットを取《と》ってくれたことを説明《せつめい》した。

「ということがあって……なっちゃんと春《はる》ちゃんとふゆくんと、四人《よにん》でイベントに行《い》ってきても、いいですか……？」

春《はる》ちゃんとは昔恋人《むかしこいびと》だった過去《かこ》があるし、蓮《れん》さんはfatal《フェイタル》のことをよく思《おも》っていないから、四人《よにん》でも嫌《いや》かな……。

私《わたし》も、できれば蓮《れん》さんが嫌《いや》がることはしたくない。

だけど、今回《こんかい》のスイーツは……どうしても、食《た》べたいっ……。

蓮《れん》さんがふっと微笑《ほほえ》んで、私《わたし》の頭《あたま》をそっと撫《な》でた。

「ああ。楽《たの》しんでこい」

蓮《れん》さんっ……。

「あ、ありがとうございます……！」

快《こころよ》くＯＫ《オーケー》してくれた蓮《れん》さんに、ぎゅっと抱《だ》きついた。

あのおいしそうなスイーツたちが、食《た》べられるんだ……！

うれしくて、ご飯《はん》を食《た》べたばかりなのにお腹《なか》が空《す》いてきた。

「そこまで喜《よろこ》ぶなんて……そんなに行《い》きたかったのか？」

「はい……！　じつは、このイベント限定《げんてい》の生《なま》チョコレートケーキがあって……それがどうしても食《た》べたかったんです……！」

スマホで画像《がぞう》を探《さが》して蓮《れん》さんに見《み》せると、それを見《み》る蓮《れん》さんの顔《かお》が歪《ゆが》んだ。

「……甘《あま》そうだな」

蓮《れん》さんは甘《あま》いものが苦手《にがて》だから、おいしそうには見《み》えないみたい。

私《わたし》が蓮《れん》さんにこのイベントの話《はなし》をしなかったのも、蓮《れん》さんはスイーツには興味《きょうみ》がないから。

当選《とうせん》したらひとりで行《い》こうと思《おも》って応募《おうぼ》したのも、無理《むり》に付《つ》き合《あ》わせたくなかったんだ。

きっと誘《さそ》ったら、蓮《れん》さんは優《やさ》しいから絶対《ぜったい》に付《つ》き合《あ》ってくれるけど……今回《こんかい》のイベントは甘《あま》いものしかないだろうし、蓮《れん》さんにとっては地獄《じごく》になるだろうから。

なっちゃんがチケットを取《と》ってくれて、本当《ほんとう》に感謝《かんしゃ》っ……。

何《なに》かお礼《れい》しなきゃ……！

お目当《めあ》てのスイーツが食《た》べられるのが待《ま》ち遠《どお》しくて、口元《くちもと》が緩《ゆる》むのを抑《おさ》えられなかった。

早《はや》く食《た》べたいな……ふふっ。

思《おも》い出話《でばなし》に花《はな》を咲《さ》かせて

ついにスイーツイベントの日《ひ》がやってきて、私《わたし》はうきうきで寮《りょう》を出《で》た。

なっちゃんたちと待《ま》ち合《あ》わせをしている正門《せいもん》に向《む》かうと、すでに三人《さんにん》の姿《すがた》が。

「由姫《ゆき》〜！」

私《わたし》に気《き》づいたなっちゃんが、ぶんぶんと手《て》を振《ふ》ってくれる。

「お待《ま》たせ……！」

「ううん、待《ま》ってないよ！　まだ待《ま》ち合《あ》わせ時間前《じかんまえ》だし！」

「お、おはよ、由姫《ゆき》」

「おはよう」

「春《はる》ちゃん、ふゆくん……！　おはよう！」

みんなに挨拶《あいさつ》をして、笑顔《えがお》を向《む》けた。

「今日《きょう》はみんな、付《つ》き合《あ》ってくれてありがとう……！」

たしか、春《はる》ちゃんは甘《あま》いものは好《す》きじゃなかったはずだし、ふゆくんもそこまで好《す》きなわけではないと思《おも》う。なっちゃんもわざわざチケットを取《と》ってくれたし、みんなには感謝《かんしゃ》の気持《きも》ちでいっぱいだっ……。

「むしろ口実《こうじつ》っていうか、付《つ》き合《あ》わせてもらってるっていうか……」

「役得《やくとく》だよ」

「え？」

春《はる》ちゃんとふゆくんの言葉《ことば》に、首《くび》をかしげる。

「由姫《ゆき》！　行《い》こっ！　俺《おれ》が由姫《ゆき》の隣《となり》歩《ある》く〜！」

さっそく歩《ある》き出《だ》したなっちゃんに、私《わたし》も元気《げんき》よく頷《うなず》いた。

はぁ……スイーツが待《ま》ち遠《どお》しいっ……。

「あっ……夏目《なつめ》は後《うし》ろに行《い》け……！」

「はぁ!?　チケット取《と》ったの誰《だれ》だと思《おも》ってんだよ！」

「ふふっ、ふたりとも元気《げんき》だね」

「fatal《フェイタル》ではいつもの光景《こうけい》だよ」

そう言《い》って私《わたし》の言葉《ことば》に若干苦笑《じゃっかんにがわら》いしているふゆくんと、ばちばち睨《にら》み合《あ》っている春《はる》ちゃんとなっちゃんと、みんなでお店《みせ》に向《む》かった。

街《まち》に近《ちか》づくごとに人通《ひとどお》りが増《ふ》えて、いたるところから視線《しせん》を感《かん》じる。

「ねえみて、あの人《ひと》たちかっこよくない……？」

「ほんとだっ……モデル？　芸能人《げいのうじん》？」

女《おんな》の子《こ》たち、みんな目《め》がハートになってる……あはは。

みんなかっこいいもんね……なっちゃんはかわいいし、三人《さんにん》でいたらすごく目立《めだ》つだろうな……。

「え……っていうかあれって、fatal《フェイタル》の春季《はるき》さんじゃない……!?」

「夏目《なつめ》さんと冬夜《とうや》さんもいるよ……！」

「勢揃《せいぞろ》いじゃん……！」

「待《ま》って……一緒《いっしょ》にいるきれいな人《ひと》……サラじゃない!?」

なんだろう……サラって聞《き》こえたような……。

「由姫《ゆき》、俺《おれ》たちのうしろに隠《かく》れて。目立《めだ》ってるから」

め、目立《めだ》ってるのはふゆくんだと思《おも》うけど……。

「ちっ、野郎《やろう》が由姫《ゆき》のことばっか見《み》てやがる……」

「早《はや》く行《い》こう、由姫《ゆき》」

女《おんな》の子《こ》が集《あつ》まっていることに気《き》づいて、急《いそ》いでお店《みせ》に向《む》かう。

つ、ついた……。

「由姫《ゆき》、待《ま》ってて！」

中《なか》に入《はい》ると、なっちゃんが店員《てんいん》さんとやりとりをして、すぐに席《せき》まで案内《あんない》してもらった。

なっちゃんは弟《おとうと》っぽいけど、こういう時《とき》にすごく頼《たの》もしい。

fatal《フェイタル》のアジトに通《かよ》っていた時《とき》も、みんなでご飯《はん》に行《い》ったりお出《で》かけする時《とき》は予約《よやく》してくれたり、対応《たいおう》してくれるのは、いつもなっちゃんだった。

頼《たよ》りになるところ、変《か》わってないな……ふふっ。

「由姫《ゆき》、どれ頼《たの》む？」

「イベント限定《げんてい》の生《なま》チョコレートケーキ！

これが食《た》べたかったの……！」

メニューに大《おお》きく載《の》っているそれを指《ゆび》さすと、ふゆくんはにっこり笑《わら》った。

「す、すごく甘《あま》そうだね」

その笑顔《えがお》が、少《すこ》しだけ引《ひ》きつっているよう

に見《み》える。ふゆくんも、甘《あま》すぎるのはダメなのかもしれない。

「他《ほか》にはどうする？」

笑顔《えがお》で聞《き》いてくれるなっちゃんの声《こえ》に、メニューをまじまじと見《み》た。

「うーん……全部《ぜんぶ》おいしそう……」

だけど、さすがに全部《ぜんぶ》は食《た》べきれなさそう……。

もうひとつくらいなら食《た》べられるかな……。

「せっかくだし、イベント限定《げんてい》のやつ全部《ぜんぶ》頼《たの》もうよ」

「全部《ぜんぶ》……!?　それはさすがに……」

「シェアすればいいし、それに残《のこ》ったらテイクアウトさせてもらえるから大丈夫《だいじょうぶ》！　このお会計《かいけい》もタダだから」

ええっ……さ、さらっと言《い》ってるけど、そんなの悪《わる》いよ……。

「ちゃ、ちゃんと払《はら》わせて！」

「気《き》にしないで！　俺《おれ》もタダで食《た》べられてラッキだし～」

なっちゃんは私《わたし》が気《き》をつかわないように、そう言《い》ってくれてるんだろうな……。

いろんなことがあったけど、なっちゃんはやっぱり優《やさ》しいままだ。

「ありがとうなっちゃん……チケットのことも、今度《こんど》改《あらた》めてお礼《れい》させてね……！」

「そんなの気《き》にしなくていいって！」と微笑《ほほえ》んだなっちゃんに、私《わたし》も笑顔《えがお》を返《かえ》した。


「わあぁ〜!!」

スイーツが運《はこ》ばれてきて、私《わたし》は目《め》を輝《かがや》かせた。

テーブルが……幸《しあわ》せでいっぱいっ……。

「おいしそう……！」

「ふふっ、由姫《ゆき》の目《め》、きらっきら」

私《わたし》を見《み》て、なっちゃんが笑《わら》ってる。必死《ひっし》になっているところを見《み》られてちょっと恥《は》ずかしいけど、スイーツを前《まえ》にうれしさを抑《おさ》えられない。

「食《た》べよっか？」

「うん！　いただきますっ……！」

まずはやっぱり……生《なま》チョコケーキから……！

私《わたし》はフォークですくって、ぱくりと頬張《ほおば》った。

口《くち》の中《なか》に、甘味《あまみ》が広《ひろ》がる。

「んー……!!　おいしすぎるっ……」

こんなにおいしいものが、期間限定《きかんげんてい》だなんて……。

もう食《た》べられないことが悲《かな》しくなるほどおいしくて、思《おも》わずほっぺたを押《お》さえた。

「幸《しあわ》せっ……」

「由姫《ゆき》、こっちのもおいしいよ！　食《た》べて！」

「いいの？　ありがとう……！　ん！　おいしい～!!」

お言葉《ことば》に甘《あま》えて、なっちゃんの頼《たの》んだガトーショコラをいただいた。

おいしすぎて、フォークを持《も》つ手《て》が止《と》まらない。

「そういえば、昔《むかし》よく夏目《なつめ》が持《も》ってきたスイーツ、ふたりで食《た》べてたよね」

ふゆくんの言葉《ことば》に、私《わたし》も昔《むかし》のことを思《おも》い出《だ》した。

「懐《なつ》かしいね……！」

fatal《フェイタル》のアジトに行《い》くと、いつもなっちゃんがおいしいお菓子《かし》やスイーツを持《も》ってきてくれて……それをみんなで食《た》べてたんだ。

なっちゃんのおすすめは全部《ぜんぶ》おいしくて、アジトに行《い》く楽《たの》しみのひとつだった。

「みんなでよく出《で》かけたしね。パトロールしたり、ご飯《はん》食《た》べに行《い》ったり……！」

なっちゃんと春《はる》ちゃんも当時《とうじ》を思《おも》い出《だ》しているのか、表情《ひょうじょう》が柔《やわ》らかくなった。

アジトのまわりにはいろいろなお店《みせ》があって、ご飯《はん》によく行《い》ったなぁ……。

「ふゆくんが好《す》きなラーメン屋《や》さん、まだあるのかな？」

私《わたし》も好《す》きだった、とんこつラーメンがおいしいお店《みせ》。週《しゅう》に一回《いっかい》は行《い》ってたな……ふふっ。

「一回《いっかい》ふたりで行《い》ったよね。緊張《きんちょう》したな……あの時《とき》から、由姫《ゆき》のこと好《す》きだったから」

「えっ……」

衝撃《しょうげき》の告白《こくはく》に、フォークを持《も》つ手《て》が止《と》まった。

あ、あの時《とき》から……？

そういえば……出会《であ》った時《とき》からって言《い》ってたもんね……そ、そっか……。

改《あらた》めて言《い》われると、どう反応《はんのう》していいのかわからない……。

「おい!!」

「お前《まえ》……どさくさに紛《まぎ》れてやめろ……」

なっちゃんと春《はる》ちゃんに睨《にら》まれたふゆくんは、いたずらが成功《せいこう》した子《こ》どもみたいに笑《わら》った。

「由姫《ゆき》が好《す》きなカフェはまだあるよ」

「え⁉　あのパンケーキがおいしいところ⁉」

「うん」

「そうなんだ……！　また行《い》きたいな……！」

「懐《なつ》かしいお店《みせ》、また順番《じゅんばん》に回《まわ》っていくのも楽《たの》しそうだね」

たしかに、それはすごく楽《たの》しそう……！

お店《みせ》の人《ひと》たちも、元気《げんき》にしてるかな……。

思《おも》い返《かえ》せば……fatal《フェイタル》の三人《さんにん》とは、たくさん楽《たの》しい思《おも》い出《で》がある。

一時《いちじ》はみんなとはもう笑《わら》い合《あ》うことはできないのかなと思《おも》ってたけど……こうしてまた笑顔《えがお》で過《す》ごすことができて、よかったっ……。

思《おも》い出話《でばなし》に花《はな》を咲《さ》かせながら、そのあともスイーツを堪能《たんのう》した。

「はぁ……おいしかった……」

食《た》べきれなかったスイーツを持《も》って、学園《がくえん》に帰《かえ》る。

「なっちゃんがチケットを取《と》ってくれたおかげで、スイーツがたくさん食《た》べられて幸《しあわ》せだったっ……！　みんな、今日《きょう》は付《つ》き合《あ》ってくれてありがとう……！　スイーツもだけど、みんなと久《ひさ》しぶりにゆっくり話《はな》せて楽《たの》しかったっ」

微笑《ほほえ》んだ私《わたし》を見《み》て、なっちゃんは何《なに》かを噛《か》みしめるような顔《かお》をした。

「お、俺《おれ》も……！　今日《きょう》のこと、絶対忘《ぜったいわす》れない……！」

大《おお》げさななっちゃんに、くすっと笑《わら》ってしまう。

「学校《がっこう》、帰《かえ》りたくない……」

「え？」

「もっと由姫《ゆき》と一緒《いっしょ》にいたい……」

なっちゃん……？

どうしたんだろう、そんな悲《かな》しそうな顔《かお》……。

それに、もう当分会《とうぶんあ》えないみたいな言《い》い方《かた》に聞《き》こえた。

「毎日会《まいにちあ》えるよ……？」

いつもお昼休《ひるやす》みは、みんなと食堂《しょくどう》で食《た》べているし……。

「いつもは邪魔《じゃま》が多《おお》くて、全然話《ぜんぜんはな》せないから」

じゃ、邪魔《じゃま》？

「由姫《ゆき》、寄《よ》り道《みち》しない？」

春《はる》ちゃんまでそんなことを言《い》い出《だ》して、首《くび》をかしげた。

「寄《よ》り道《みち》？　もう学校《がっこう》つくよ？」

「でも、もうちょっと歩《ある》きたいなって……ほ、ほら、最近運動不足《さいきんうんどうぶそく》だからさ……！」

なっちゃんが運動不足《うんどうぶそく》……ほんとにどうしたんだろう？

様子《ようす》がおかしいみんなが心配《しんぱい》になって、みんなを見《み》つめる。

まだ時間《じかん》があるし、寄《よ》り道《みち》するのは構《かま》わないけど……。

頷《うなず》きそうになった時《とき》、正門《せいもん》に誰《だれ》かが立《た》っているのが見《み》えた。

「……あ」

蓮《れん》さん……？　どうして、そんなところに立《た》っているんだろう……！

「蓮《れん》さん……！」

私《わたし》は慌《あわ》てて蓮《れん》さんに駆《か》け寄《よ》り、声《こえ》をかけた。

私《わたし》に気づいた蓮《れん》さんが、こっちを見《み》てほっとしたように表情《ひょうじょう》を緩《ゆる》める。

「……おかえり」

「どうしてここに……というか、ずっとここにいたんですか？」

もしかして……私《わたし》が戻《もど》ってくるの、待《ま》っててくれてた？

いつ帰《かえ》るとも言《い》ってないのに、いったいいつからいたんだろう……。

「……悪《わる》い」

「あ、謝《あやま》るのは私《わたし》のほうです……！　ずっと待《ま》っててくれたんですか……？」

「……早《はや》く会《あ》いたかったからな」

蓮《れん》さんの言葉《ことば》に、胸《むね》がきゅんと音《おと》を鳴《な》らした。

「お、おい、俺《おれ》たちはもうちょっと寄《よ》り道《みち》をする予定《よてい》でだな……」

ムッとしたように、なっちゃんが声《こえ》を上《あ》げる。

なっちゃん……ごめんなさい。

「ごめんね、みんな。今日《きょう》はもう蓮《れん》さんと帰《かえ》るね。今日《きょう》はほんとにありがとう……！」

いつ帰《かえ》ってくるかもわからない私《わたし》を、ここでずっと待《ま》っててくれた蓮《れん》さんのこと、これ以上《いじょう》待《ま》たせるなんてできない。

「そんな……」

「………」

「西園寺《さいおんじ》の逆鱗《げきりん》には触《ふ》れたくないし、ここは黙《だま》って見送《みおく》るよ」

なっちゃんと春《はる》ちゃんは納得《なっとく》していない顔《かお》をしているけど、ふゆくんが笑顔《えがお》でそう言《い》ってくれた。

「また明日《あした》、由姫《ゆき》」

「うん、またね……！」

もう一度《いちど》〝ごめんね〟と心《こころ》の中《なか》で謝《あやま》って、蓮《れん》さんの手《て》を握《にぎ》る。

「蓮《れん》さん、帰《かえ》りましょうっ」

「ああ」

心《こころ》なしか、蓮《れん》さんの表情《ひょうじょう》がうれしそうに見《み》えた。

溺愛中《できあいちゅう》につき。【side 蓮《れん》】

「ということがあって……なっちゃんと春《はる》ちゃんとふゆくんと、四人《よにん》でイベントに行《い》ってきても、いいですか……？」

由姫《ゆき》にそう聞《き》かれた時《とき》、本当《ほんとう》は内心《ないしん》、難波夏目《なんばなつめ》への嫉妬《しっと》が抑《おさ》えられなかった。

どうしても行《い》きたかったイベントがあるなんて、俺《おれ》は知《し》らなかった。

たぶん、俺《おれ》が甘《あま》いものが嫌《きら》いだから言《い》わなかったんだろうが……俺《おれ》が知《し》らないことを知《し》っている難波《なんば》に、〝どうしてお前《まえ》が〟と思《おも》ってしまう。

チケットだって、由姫《ゆき》が欲《ほ》しいって言《い》うなら俺《おれ》だって用意《ようい》した。

他《ほか》のやつが由姫《ゆき》を喜《よろこ》ばせたっていう事実《じじつ》にさえ嫉妬《しっと》してしまう俺《おれ》は、なんて心《こころ》が狭《せま》い男《おとこ》だ。

fatal《フェイタル》の連中《れんちゅう》と一緒《いっしょ》……危《あぶ》なすぎる。

前《まえ》までは、鳳《おおとり》だけは安全《あんぜん》だと思《おも》っていたが、あいつも由姫《ゆき》に告白《こくはく》してから、開《ひら》き直《なお》ったように好意《こうい》を隠《かく》さなくなった。

天王寺《てんのうじ》は由姫《ゆき》の前《まえ》の恋人《こいびと》だし、難波《なんば》は由姫《ゆき》にかわいがられている。
俺《おれ》も行《い》くと言《い》いたかったが、イベントの定員《ていいん》は四人《よにん》までらしい。
……できれば、行《い》かせたくない。
不安《ふあん》そうに俺《おれ》を見《み》ている由姫《ゆき》を見《み》て、本音《ほんね》をぐっとのみ込《こ》んだ。
「ああ。楽《たの》しんでおいで」
……由姫《ゆき》が行《い》きたがってるのに、引《ひ》き止《と》めるのはよくないな。
俺《おれ》に気《き》をつかって、ふたりは無理《むり》だって断《ことわ》ってくれたんだ。
俺《おれ》は束縛《そくばく》して、由姫《ゆき》の楽《たの》しみを奪《うば》うような恋人《こいびと》にはなりたくない。
「あ、ありがとうございます……！」
うれしそうに抱《だ》きついてきた由姫《ゆき》に、これでよかったんだと自分《じぶん》に言《い》い聞《き》かせた。
そして、迎《むか》えたイベント当日《とうじつ》。
由姫《ゆき》を見送《みおく》ってから、時計《とけい》を見《み》てはため息《いき》をついている自分《じぶん》がいた。
いつ帰《かえ》ってくるか、聞《き》いておけばよかった。
今頃《いまごろ》、あいつらと楽《たの》しんでるんだろうな……。
……ダメだ、心配《しんぱい》で、何《なに》も考《かんが》えられない。

早《はや》く時間《じかん》がたつよう昼寝《ひるね》でもしようと思《おも》ったが、一向《いっこう》に眠《ねむ》くならない。

そして、気《き》づけば忠犬《ちゅうけん》のように正門《せいもん》の前《まえ》で由姫《ゆき》の帰《かえ》りを待《ま》っていた。

いつ帰《かえ》ってくるかもわからないのにこんなところで待《ま》ってるとか、重《おも》すぎるだろ。

わかっているのに、そこから動《うご》けない。

早《はや》く……帰《かえ》ってきてくれ……。


「蓮《れん》さん？」

由姫《ゆき》の声《こえ》が聞《き》こえた瞬間《しゅんかん》、心《こころ》の底《そこ》から安堵《あんど》した。

俺《おれ》の手《て》を取《と》って、一緒《いっしょ》に帰《かえ》ろうと言《い》ってくれた由姫《ゆき》。

ふたりで寮《りょう》に戻《もど》り、俺《おれ》の部屋《へや》に入《はい》った。

リビングのソファに由姫《ゆき》を座《すわ》らせ、その隣《となり》に腰《こし》かける。

「……寄《よ》り道《みち》するとか言《い》ってたのに、悪《わる》かったな……」

「気《き》にしないでください……！　待《ま》っててくれて、ありがとうございます！」

俺《おれ》が勝手《かって》に待《ま》っていただけなのに、そんなふうに言《い》ってくれる由姫《ゆき》はどれだけ優《やさ》しいんだろうと思《おも》う。

普通《ふつう》は引《ひ》くだろ……。

「由姫《ゆき》を疑《うたが》ってるとかじゃなくて……あのメンツがまだ信用《しんよう》できなかったんだ……内心《ないしん》気《き》になって仕方《しかた》なくて、あんなところで待《ま》ち伏《ぶ》せして……自分《じぶん》でも重《おも》すぎると思《おも》う」

懺悔《ざんげ》するような言葉《ことば》が、勝手《かって》に口《くち》から出《で》ていく。

「本当《ほんとう》は、店《みせ》の前《まえ》まで迎《むか》えに行《い》こうと思《おも》った。けど……他《ほか》のやつとの時間《じかん》を、邪魔《じゃま》したくなかった。……って、邪魔《じゃま》してるのも同然《どうぜん》だな……」

「蓮《れん》さんが邪魔《じゃま》なわけないです……！」

握《にぎ》る手《て》に力《ちから》を込《こ》めて、俺《おれ》をじっと見《み》つめてきた由姫《ゆき》。

「やっぱり、嫌《いや》でしたよね、みんなと出《で》かけるの……」

……そうじゃない。由姫《ゆき》を責《せ》めたい気持《きも》ちは少《すこ》しもないし、これは俺《おれ》の問題《もんだい》だ。

「違《ちが》う、由姫《ゆき》にはいつも楽《たの》しんでほしいと思《おも》ってる。これは……あいつらに対《たい》してのただの嫉妬《しっと》だ。嫉妬《しっと》ばっかして……悪《わる》い」

口《くち》にすればするほど、自分《じぶん》がみっともないやつに思《おも》えた。

「いつも言《い》ってますけど、ヤキモチを焼《や》いてくれること自体《じたい》はうれしいです……！　れ、蓮《れん》さんが、私《わたし》を好《す》きでいてくれてるからだと思《おも》うと……まったく嫌《いや》じゃないです」

由姫《ゆき》……。

「ただ、嫉妬《しっと》するのってすごく苦《くる》しいと思《おも》うので、できるだけさせたくないって思《おも》ってます。それなのに……ちゃんとできてなくて、私《わたし》のほうこそごめんなさい」

由姫《ゆき》は俺《おれ》の不安《ふあん》を癒《いや》すみたいに、優《やさ》しく抱《だ》きしめてきた。

「俺《おれ》が知《し》らない由姫《ゆき》を知《し》ってるあいつらのことは、たぶん一生《いっしょう》気《き》に食《く》わない。だから由《ゆ》姫《き》は何《なに》も悪《わる》くない」

それだけは、わかってほしい。

いつも言《い》ってるけど、由姫《ゆき》に不満《ふまん》なんか、ひとつもないから。

「話《はな》してくれて、ありがとうございます。蓮《れん》さんがそうやって自分《じぶん》の気持《きも》ちを伝《つた》えてくれるの、私《わたし》はすごくうれしいです」

由姫《ゆき》がいつも優《やさ》しすぎて、甘《あま》えてしまいたくなる。

「今度《こんど》は嫉妬《しっと》したら、その場《ば》で言《い》ってください！　気《き》をつけます！」

ガッツポーズをした由姫《ゆき》を見《み》て、ふはっと笑《わら》ってしまう。

まっすぐで、優《やさ》しくて……頼《たの》もしくて、世界一《せかいいち》かわいい。

「ほんとは……俺《おれ》が知《し》らなかったイベントのことを、難波《なんば》が知《し》ってたことにも妬《や》いた」

ついそんなことまで言《い》ってしまって、みっともない顔《かお》を見《み》られないように由姫《ゆき》の肩《かた》に顔《かお》を埋《うず》めた。

「このイベントのことを言《い》わなかったのは……蓮《れん》さんが甘《あま》いものが苦手《にがて》だから、無理《むり》に付《つ》き合《あ》わせたくなかったんです」

「ああ、そうだろうなと思《おも》った。でも……できれば、今度《こんど》からは俺《おれ》に言《い》ってくれ。由姫《ゆき》が行《い》きたいところには全部《ぜんぶ》連《つ》れていくし、由姫《ゆき》のお願《ねが》いならなんだって叶《かな》えるから。由姫《ゆき》を笑顔《えがお》にするのは、いつだって俺《おれ》がいい」

誰《だれ》にも、譲《ゆず》りたくない……。

「……って、また重《おも》いこと言《い》ってるな……」

「うれしいですっ……」

言葉《ことば》どおり、本当《ほんとう》にうれしそうな由姫《ゆき》を、好《す》きすぎて胸《むね》が苦《くる》しくなる。

「今度《こんど》からは全部《ぜんぶ》蓮《れん》さんに伝《つた》えます。一緒《いっしょ》に行《い》ってくれますか……？」

「どこにだって行《い》く」

「大好《だいす》きです、蓮《れん》さん……」

由姫《ゆき》が自分《じぶん》から抱《だ》きついてくれたことが、息《いき》が詰《つ》まるほどうれしかった。

ぎゅっと抱《だ》きしめ返《かえ》す。

かわいい……愛《いと》しい。

俺《おれ》のほうが、好《す》きに決《き》まってる。

「蓮《れん》さんがこうして言葉《ことば》にしてくれるたびに、愛《あい》されてるんだって実感《じっかん》します」

俺《おれ》は感情《かんじょう》を表《おもて》に出《だ》すのが苦手《にがて》で、愛情表現《あいじょうひょうげん》もわかりにくいはずだ。

それでも、由姫《ゆき》はそんな俺《おれ》の精一杯《せいいっぱい》の表現《ひょうげん》にいつもちゃんと気《き》づいてくれる。

「……由姫《ゆき》は、ほんとに優《やさ》しいな」

俺《おれ》にはもったいないくらいの、女神《めがみ》みたいな恋人《こいびと》。

……もちろん、誰《だれ》にも渡《わた》すつもりはない。

「優《やさ》しいのは蓮《れん》さんです……！　なんでも許《ゆる》してくれるから、私《わたし》が調子《ちょうし》に乗《の》ってしまうこともありますけど……嫌《いや》な時《とき》は嫌《いや》って言《い》ってくださいね？　私《わたし》だって、蓮《れん》さんのお願《ねが》いならなんだって叶《かな》えたいです」

本当《ほんとう》に、どれだけ俺《おれ》を甘《あま》やかしてくれるんだろう。

「……好《す》きだ」

抑《おさ》えられない気持《きも》ちを口《くち》にしながら、抱《だ》きしめる腕《うで》に力《ちから》を込《こ》める。

「私《わたし》も大好《だいす》きです……」

毎日不思議《まいにちふしぎ》で仕方《しかた》がない。

なんでこんなに、かわいいんだ……。

「なあ……さっそく、お願《ねが》いを言《い》ってもいいか？」

「はい！」

〝どんとこい〟とでもいうかのような元気《げんき》のいい返事《へんじ》に、ふっと笑《わら》う。

「キスしたい」

由姫《ゆき》の顔《かお》をのぞき込《こ》むようにして尋《たず》ねると、その顔《かお》がみるみる赤《あか》くなっていった。

「……そういうのは、言《い》わなくてもいいんですよ？　私《わたし》は蓮《れん》さんの恋人《こいびと》なので」

はぁ……。

「かわいい……」

頬《ほお》に手《て》をそえて、そっとキスをする。

これ以上好《いじょうす》きになったら、本当《ほんとう》に俺《おれ》の中《なか》に閉《と》じ込《こ》めてしまいそうだ。

もう、これ以上《いじょう》なんてないほど愛《あい》しているけど。

「蓮《れん》さんも、行《い》きたいところとかないんですか？」

「特《とく》にないな。趣味《しゅみ》とかもねぇし……」

「こうして家《いえ》でふたりっきりで過《す》ごす時間《じかん》も、楽《たの》しいですもんね」

「……ああ」

由姫《ゆき》がいてくれたら、どこでもいい。

俺《おれ》の幸《しあわ》せはいつだって、由姫《ゆき》のそばにあるから。

由姫《ゆき》にとってもそうであってほしいと願《ねが》いながら、もう一度《いちど》キスをした。

END

幼《おさな》なじみな総長《そうちょう》さまの一途《いちず》な溺愛《できあい》

ゆいっと・著

橋本虹心《はしもとにこ》

中学三年生《ちゅうがくさんねんせい》。頑張《がんば》り屋《や》で真面目《まじめ》な性格《せいかく》。幼《おさな》なじみの壱成《いっせい》のことが好《す》きだけど、だんだんと話《はな》す機会《きかい》がなくなり寂《さび》しさを感《かん》じている。

京極壱成《きょうごくいっせい》

虹心《にこ》の幼《おさな》なじみで、最強集団《さいきょうしゅうだん》「brave《ブレイブ》」の十八代目《じゅうはちだいめ》の総長《そうちょう》。モテモテだけど女子《じょし》に興味《きょうみ》はなし。じつは、幼《おさな》いころから虹心《にこ》が大好《だいす》きで…!?

虹心《にこ》と、校内《こうない》で知《し》らない人《ひと》はいない総長《そうちょう》の壱成《いっせい》は幼《おさな》なじみ。ずっと仲《なか》よしだった壱成《いっせい》が大人《おとな》っぽくなり、最近《さいきん》は避《さ》けられている気《き》がしていた虹心《にこ》。じつは、壱成《いっせい》は虹心《にこ》の父親《ちちおや》と〝ある約束《やくそく》〟をしていて…。

最強集団《さいきょうしゅうだん》「brave《ブレイブ》」

『大《おお》きくなったら、ぼくのお嫁《よめ》さんになってくれる？』

あれから、十年《じゅうねん》。きっとキミは、そんな約束《やくそく》忘《わす》れてしまっているんだろうな……。


「昨日《きのう》の壱成《いっせい》さん、マジかっこよかったっす！」

「俺《おれ》、一生《いっしょう》壱成《いっせい》さんについていきますんで!!」

朝《あさ》の教室《きょうしつ》に、騒々《そうぞう》しい声《こえ》とともに男子《だんし》の一行《いっこう》が入《はい》ってきた。

その中心《ちゅうしん》にいるのは……京極壱成《きょうごくいっせい》くん。

私《わたし》、橋本虹心《はしもとにこ》は、嫌《いや》でも聞《き》こえてくるその声《こえ》に目《め》をやった。

私《わたし》の通《かよ》う南中学《みなみちゅうがく》には、この地域《ちいき》では知《し》らない人《ひと》がいないとも言《い》われてる、歴史《れきし》の古《ふる》い〝brave《ブレイブ》〟という名《な》の最強《さいきょう》チームがあって。

壱成《いっせい》くんが仲間《なかま》に加《くわ》わったと聞《き》いたのは、中一《ちゅういち》の冬《ふゆ》。

そして三年生《さんねんせい》になった春《はる》、brave《ブレイブ》の十八代目《じゅうはちだいめ》〝総長《そうちょう》〟の座《ざ》に就《つ》いたみたい。

ケンカの強《つよ》さオーラや威厳《いげん》、どれをとっても桁《けた》はずれで、仲間《なかま》からの信頼《しんらい》も厚《あつ》く、初代《しょだい》以来《いらい》の伝説《でんせつ》の総長《そうちょう》になるだろうって。

クールで整《ととの》った顔立《かおだ》ちも相《あい》まって、女子《じょし》からの人気《にんき》もものすごい。

その時《とき》。

「人《ひと》のクラスで騒《さわ》いでんじゃねえ」

鋭《するど》くとがった壱成《いっせい》くんの声《こえ》に、教室《きょうしつ》は水《みず》を打《う》ったように静《しず》まり返《かえ》り、

「す、すみませんっ！」

それまで騒《さわ》ぎ立《た》てていたメンバーたちは、一様《いちよう》に口《くち》をそろえて壱成《いっせい》くんに頭《あたま》を下《さ》げた。

……すごいなあ。一言《ひとこと》で、みんなを黙《だま》らせちゃうなんて。

私《わたし》もビクッとしたもん。

だけど、壱成《いっせい》くんはそれくらいすごい人《ひと》なんだ。

「昨日《きのう》、繁華街《はんかがい》で派手《はで》にケンカしてたらしいよ」

親友《しんゆう》の梓《あずさ》ちゃんが教《おし》えてくれる。

「そうなんだ……」

「高校生相手《こうこうせいあいて》に、圧倒的《あっとうてき》な強《つよ》さだったんだって。さすがbrave《ブレイブ》だよね」

梓《あずさ》ちゃんは感心《かんしん》しているけど、私《わたし》は百《ひゃく》パーセント同意《どうい》はできないや。

だって、壱成《いっせい》くんがケンカするなんて、いまだに信《しん》じられないんだもん。

私《わたし》と壱成《いっせい》くんは、幼《おさな》なじみだった。

〝だった〟……っていうのは、今《いま》はもう関《かか》わりがないから。

二軒《にけん》お隣《となり》に住《す》んでいる壱成《いっせい》くん。お母《かあ》さん同士《どうし》が仲《なか》よしで、私《わたし》たちも自然《しぜん》と仲《なか》よくなり、同《おな》じ幼稚園《ようちえん》に通《かよ》い、小学校《しょうがっこう》の入学式《にゅうがくしき》も一緒《いっしょ》に行《い》った。

いつでも私《わたし》たちは一緒《いっしょ》だった。登下校《とうげこう》はもちろん、お互《たが》いの家《いえ》をよく行《い》き来《き》していた。

それがぱたりとなくなったのは、小学六年生《しょうがくろくねんせい》の時《とき》。

突然《とつぜん》、壱成《いっせい》くんがよそよそしくなったのだ。

『壱成《いっせい》くん、どうしたの？』

そう聞《き》いても、『べつに』って、ぶっきらぼうに答《こた》えるだけ。

それからだんだん疎遠《そえん》になり、私《わたし》もいつしか声《こえ》をかけるのを諦《あきら》めた。

中学《ちゅうがく》に上《あ》がりクラスが分《わ》かれたら、もう完全《かんぜん》に私《わたし》たちの接点《せってん》はなくなっちゃったんだ。

中三《ちゅうさん》になって同《おな》じクラスになったけど、話《はな》せていない状態《じょうたい》は続《つづ》いている。

このクラスにはbrave《ブレイブ》の『幹部《かんぶ》』と呼《よ》ばれる人《ひと》たちが揃《そろ》っていて、みんな窓側《まどがわ》の一番《いちばん》後《うし》ろに席《せき》が固《かた》まっている。

そんな彼《かれ》らを、私《わたし》はいつも廊下側《ろうかがわ》の席《せき》から眺《なが》めるだけ。間違《まちが》っても近《ちか》づけない。

「ねえねえ壱成《いっせい》くん、今度《こんど》たまり場《ば》に行《い》ってもいい？」

「えー、私《わたし》も行《い》きたーい！」

下《した》っ端《ぱ》のメンバーたちがいなくなると、今度《こんど》は女子《じょし》が壱成《いっせい》くんのまわりに群《むら》がった。

「たまり場《ば》は女子禁制《じょしきんせい》だからごめんねー」

壱成《いっせい》くんの代《か》わりに、メンバーのひとりが答《こた》える。

壱成《いっせい》くんは女子《じょし》を前《まえ》に浮《う》かれることなく表情《ひょうじょう》を変《か》えずにスマホをいじっている。これもいつものこと。キャーキャー騒《さわ》がれても、いつも無反応《むはんのう》なのだ。

brave《ブレイブ》のメンバーと付《つ》き合《あ》っている子《こ》もいるみたいだし、壱成《いっせい》くんにも彼女《かのじょ》がいたりするのかな……。

「顔《かお》が険《けわ》しいぞー」

私《わたし》の眉間《みけん》に、梓《あずさ》ちゃんが笑《わら》いながら人差《ひとさ》し指《ゆび》を当《あ》てた。

「えっ、嘘《うそ》」

私《わたし》、どんな顔《かお》してた⁉　慌《あわ》てて表情《ひょうじょう》を緩《ゆる》め、上辺《うわべ》だけの笑顔《えがお》を作《つく》る。

「虹心《にこ》、いつまでも京極《きょうごく》のこと好《す》きでもつらいだけだよ？」

小学校《しょうがっこう》からの付《つ》き合《あ》いの梓《あずさ》ちゃんは、私《わたし》たちの関係《かんけい》をよく知《し》っていて、だからこそ変《か》わってしまった壱成《いっせい》くんに対《たい》して、理解《りかい》不能《ふのう》って嫌悪《けんお》を示《しめ》している。

「うん、わかってる……」

でも、好《す》きなの。

長年《ながねん》かけて育《そだ》ったこの想《おも》いは、簡単《かんたん》にはなくなってくれない。

——ふいに、顔《かお》を上《あ》げた壱成《いっせい》くんの視線《しせん》がこちらに流《なが》れてきた。

「……っ！」

目《め》が合《あ》っちゃった！　どうしよう！　私《わたし》はとっさに視線《しせん》をそらす。

ど、どうして今《いま》、こっちを見《み》たの……。

とにかく、心臓《しんぞう》がドキドキしちゃってひとりで慌《あわ》てる。呼吸《こきゅう》を整《ととの》えてもう一度《いちど》視線《しせん》を向《む》けると、壱成《いっせい》くんはもう窓《まど》の外《そと》を見《み》ていた。

ねえ。壱成《いっせい》くんはあの約束《やくそく》、忘《わす》れちゃった……？

どうして私《わたし》を避《さ》けるようになったの？

私《わたし》は壱成《いっせい》くんに、聞《き》きたいことがたくさんあるよ……。

✦　✦　✦　♥

――数日後《すうじつご》。

五時間目《ごじかんめ》と六時間目《ろくじかんめ》の間《あいだ》の休《やす》み時間《じかん》、突然雨《とつぜんあめ》が降《ふ》ってきた。

「嘘《うそ》ー、明日体育祭《あしたたいいくさい》なのに大丈夫《だいじょうぶ》かなあ？」

梓《あずさ》ちゃんが廊下《ろうか》の窓《まど》から心配《しんぱい》そうに見上《みあ》げる空《そら》は、雨《あめ》が降《ふ》っているとは思《おも》えないほど青空《あおぞら》。

光《ひかり》の中《なか》でキラキラと矢《や》を放《はな》つように雨《あめ》が落《お》ちてきている。

「狐《きつね》の嫁入《よめい》りだから、きっとすぐにやむはず！」

「えー？　でも大丈夫《だいじょうぶ》ならよかった！」

何《なに》それーって、けらけら笑《わら》う梓《あずさ》ちゃん。

こういう晴《は》れの日《ひ》に雨《あめ》が降《ふ》ることを『狐《きつね》の嫁入《よめい》りと言《い》うんだよ』と、小《ちい》さいころおばあちゃんに教《おし》えてもらった。

縁起《えんぎ》がいいとも言《い》われてるんだって。完全《かんぜん》に迷信《めいしん》だけどね。

思《おも》ったとおり、放課後《ほうかご》には完全《かんぜん》に雨《あめ》はやんだ。

「うわー見《み》て見《み》て！　すっごい虹《にじ》！」

クラスの誰《だれ》かがそう叫《さけ》び、みんなの視線《しせん》は一斉《いっせい》に窓《まど》の外《そと》へ。

つられるようにそっちを見《み》ると、私《わたし》の席《せき》からも確認《かくにん》できるくらいの大《おお》きな虹《にじ》が、窓《まど》の外《そと》にかかっていた。

うわぁ……きれい。

壱成《いっせい》くんも、肘《ひじ》をつきながら窓《まど》の外《そと》を見《み》ている。

『俺《おれ》の二番目《にばんめ》に好《す》きなものはね、虹《にじ》なんだ』

そう壱成《いっせい》くんが教《おし》えてくれたのはいつだっけ。

名前《なまえ》に『虹《にじ》』が入《はい》っている私《わたし》は、自分《じぶん》のことを言《い》われたみたいでうれしかった。

「梓《あずさ》ちゃん、私《わたし》職員室《しょくいんしつ》に用事《ようじ》があるから先《さき》に帰《かえ》っててくれる？」

帰《かえ》りのホームルームが終《お》わると、私《わたし》は梓《あずさ》ちゃんにそう告《つ》げた。

「オッケー！　じゃあまた明日《あした》ねー」

「うん、バイバイ」

帰《かえ》る梓《あずさ》ちゃんを見送《みおく》って、向《む》かうは職員室《しょくいんしつ》……ではなく、階段《かいだん》を上《のぼ》った。

最上階《さいじょうかい》のさらにその先《さき》、重《おも》い扉《とびら》を押《お》し開《あ》けると、光《ひかり》がいっぱい差《さ》し込《こ》んでくる。

教室《きょうしつ》の窓《まど》からじゃ完全《かんぜん》な虹《にじ》は見《み》えないから、屋上《おくじょう》までやってきたのだ。

「うわあ……きれい……」

思《おも》ったとおりだ。学校《がっこう》のまわりに高《たか》い建物《たてもの》はないし、さえぎるもののない屋上《おくじょう》から見《み》る虹《にじ》は、はじまりから終《お》わりまできれいな半円《はんえん》を描《えが》いていた。

扉《とびら》を開《あ》けたまましばらく虹《にじ》を眺《なが》めて、一歩《いっぽ》屋上《おくじょう》へ足《あし》を踏《ふ》み入《い》れた時《とき》。

「嘘《うそ》……っ」

思《おも》わず息《いき》をのんだ。

フェンスに向《む》かって、ひとりの男子《だんし》がたたずんでいたから。

その背中《せなか》が誰《だれ》かなんて、考《かんが》えるのに一秒《いちびょう》もかからない——壱成《いっせい》くんだから。

「どうして、ここに……？」

——ガチャン！

私《わたし》がつぶやくのと、背後《はいご》で激《はげ》しい音《おと》を立《た》てて扉《とびら》が閉《し》まったのはほぼ同時《どうじ》で、それに反応《はんのう》して、壱成《いっせい》くんがこちらを向《む》いた。

彼《かれ》の瞳《ひとみ》が、私《わたし》をとらえる。

——どくんっ……。

まるで磁石《じしゃく》にでも引《ひ》き寄《よ》せられるように、目《め》がそらせなかった。

お互《たが》いの視線《しせん》が静《しず》かに交《まじ》わる。

……どのくらいこうしていたんだろう。ハッと我《われ》に返《かえ》り慌《あわ》てて言《い》った。

「邪魔《じゃま》してごめんねっ……」

「なんで逃《に》げんの」

踵《きびす》を返《かえ》した私《わたし》に、壱成《いっせい》くんの声《こえ》。

「……っ」

……ずるいよ。最初《さいしょ》に私《わたし》から逃《に》げたのは壱成《いっせい》くんなのに。

「虹《にじ》、見《み》に来《き》たんだろ？」

「えっ……？」

振《ふ》り返《かえ》ると、そこにあったのは、私《わたし》のよく知《し》る壱成《いっせい》くんの優《やさ》しい顔《かお》だった。

もうずっと見《み》ていない、もう見《み》られると思《おも》っていなかった私《わたし》の大好《だいす》きな……笑顔《えがお》。

「だったらこっち来《き》て一緒《いっしょ》に見《み》ようぜ」

「……うんっ……」

驚《おどろ》きながらもうれしさを隠《かく》しきれず、私《わたし》は彼《かれ》の元《もと》へ近《ちか》づいた。

いつぶりだろう。こうして壱成《いっせい》くんの横《よこ》に並《なら》ぶのは。

身長差《しんちょうさ》が以前《いぜん》にも増《ま》して広《ひろ》がっていることを実感《じっかん》する。

私《わたし》とは、二十《にじっ》センチくらい差《さ》があるかも。

その差《さ》が、すれ違《ちが》っていた時間《じかん》を物語《ものがた》っている気《き》がして少《すこ》しさびしい。

「久《ひさ》しぶりに見《み》た。こんなきれいな虹《にじ》」

「……だね」

「天気雨《てんきあめ》だったし虹《にじ》出《で》るかなーって思《おも》ってたら、やっぱり出《で》たな」

「……だね」

「ん？　さっきから『だね』、しか言《い》ってなくね？」

「……だね」

「ははは……」

だって。壱成《いっせい》くんと会話《かいわ》してるなんて、信《しん》じられないんだもん……！

うれしすぎてパニックで、心《こころ》ここにあらず。

狐《きつね》の嫁入《よめい》りのおかげだ。縁起《えんぎ》がいいって、やっぱり迷信《めいしん》じゃなかった⁉

「……壱成《いっせい》くん、今《いま》でも虹《にじ》、好《す》きなの……？」

口《くち》からこぼれたのは、心《こころ》の底《そこ》からの問《と》いかけ。

どうかそれだけは変《か》わっていませんように、と願《ねが》いながら。

「ああ。今《いま》でも二番目《にばんめ》に好《す》き」

……よかった。うれしさで口元《くちもと》がほころぶ。

「あー。もうすぐ消《き》えそー」

さっきまではっきり見《み》えていた虹《にじ》の七色《なないろ》は、だんだんまわりと同化《どうか》し、やがて空《そら》に溶《と》けていった。目《め》の前《まえ》には、いつもどおりの青空《あおぞら》が広《ひろ》がる。

「消《き》えちゃったな」

「うん。もっと見《み》ていたかったね」

……壱成《いっせい》くんと。

その言葉《ことば》はのみ込《こ》みつつ、これで終《お》わりなのが嫌《いや》でとっさに会話《かいわ》をつないだ。

「い、壱成《いっせい》くんは、虹《にじ》のどんなところが好《す》きなの？」

「儚《はかな》いところ。つかめそうでつかめない。いっときの夢《ゆめ》みたいな」

「壱成《いっせい》くんて、意外《いがい》とロマンチストなんだね」

「意外《いがい》は余計《よけい》だろ」

「あ、ごめんね。ふふふっ」

「最近《さいきん》、体《からだ》はどう？　問題《もんだい》ない？」

「へっ？」

まさかそんなこと聞《き》かれるとは思《おも》わなくて、壱成《いっせい》くんを凝視《ぎょうし》してしまう。

じつは私《わたし》、生《う》まれつき体《からだ》が弱《よわ》く、普段《ふだん》の生活《せいかつ》に制限《せいげん》はないけれど、激《はげ》しい運動《うんどう》をすることは禁止《きんし》されているのだ。基本《きほん》、体育《たいいく》の授業《じゅぎょう》は見学《けんがく》。

もう何年《なんねん》も話《はな》していなかった壱成《いっせい》くんが気《き》にかけてくれるなんて、うれしい……。

「無理《むり》すんなよ」

頬《ほほ》を緩《ゆる》めて私《わたし》を見《み》おろす壱成《いっせい》くんは、昔《むかし》の壱成《いっせい》くんと何《なに》も変《か》わっていなくて。

「ありが、とう……」

胸《むね》の中《なか》に熱《あつ》いものが込《こ》み上《あ》げてきた。

空白《くうはく》の時間《じかん》が嘘《うそ》みたいに、こうしていられることが泣《な》きそうなくらいうれしかった。

変《か》わらない優《やさ》しさ

迎《むか》えた体育祭当日《たいいくさいとうじつ》。今日《きょう》は朝《あさ》からいいお天気《てんき》に恵《めぐ》まれた。

私《わたし》は競技《きょうぎ》には参加《さんか》できないから、放送係《ほうそうがかり》をしたり一生懸命応援《いっしょうけんめいおうえん》することで、クラスの一員《いちいん》として自分《じぶん》の役割《やくわり》を果《は》たすんだ。

「ふわあ……」

「あれー？　朝《あさ》からあくびしてどうしたの？」

梓《あずさ》ちゃんに見《み》られちゃった。慌《あわ》てて口《くち》に手《て》を当《あ》てる。

「ちょっと寝不足《ねぶそく》で、へへへ」

「体育祭《たいいくさい》が楽《たの》しみで眠《ねむ》れなかったなんて、お子《こ》ちゃまねー」

「違《ちが》うってばあ」

だからといって、本当《ほんとう》の理由《りゆう》は恥《は》ずかしくて言《い》えないけど。

……壱成《いっせい》くんと久《ひさ》しぶりに話《はな》して、興奮《こうふん》して眠《ねむ》れなかった、だなんて。

目《め》をつむっても、壱成《いっせい》くんとの会話《かいわ》がずっと頭《あたま》の中《なか》で再生《さいせい》されちゃうんだもん。

「今日《きょう》はみんな正々堂々《せいせいどうどう》戦《たたか》おう！　しっかり力《ちから》を発揮《はっき》するように!!」

グラウンドでは、brave《ブレイブ》の副総長《ふくそうちょう》を務《つと》めている宮澤《みやざわ》くんが円陣《えんじん》を組《く》みながら声《こえ》を張《は》り上《あ》げていた。

brave《ブレイブ》のメンバーは、クラスの輪《わ》を乱《みだ》すこともないし、むしろ行事《ぎょうじ》には一生懸命《いっしょうけんめい》なんだ。

彼《かれ》らは学校指定《がっこうしてい》の体操服《たいそうふく》ではなく、おそろいの黒《くろ》いTシャツを着《き》ている。

brave《ブレイブ》は歴史《れきし》が古《ふる》いからこれも伝統《でんとう》らしく、先生《せんせい》たちも容認《ようにん》しているみたい。

「ねえっ、brave《ブレイブ》が勢《せい》ぞろいしてるー」

「見《み》に行《い》こ見《み》に行《い》こっ！」

そんな姿《すがた》を一目《ひとめ》見《み》ようと生徒《せいと》たちが走《はし》り出《だ》し、あっという間《ま》に彼《かれ》らを取《と》り囲《かこ》む大《おお》きな輪《わ》ができる。

「行《い》くぞ――！」

「「「お―――っ！」」」

最後《さいご》に総長《そうちょう》である壱成《いっせい》くんが気合《きあい》を入《い》れて、みんなが声《こえ》をそろえる。

すごいなあ……。私《わたし》にはもう手《て》の届《とど》かない人《ひと》なんだと痛感《つうかん》。

円陣《えんじん》がほどけた時《とき》、ふと壱成《いっせい》くんがこっちを見《み》て笑《わら》いかけてくれた気《き》がした。

えっ、嘘《うそ》っ……。思《おも》わず後《うし》ろやまわりをキョロキョロしてしまう。

……気《き》のせいかな。

昨日《きのう》のことで、都合《つごう》よく考《かんが》えちゃう自分《じぶん》に苦笑《にがわら》いしつつ前《まえ》を向《む》いたら……。

「うわあっ……！」

壱成《いっせい》くんが目《め》の前《まえ》にいてのけぞった。

「他《ほか》に誰《だれ》もいねえよ」

クスリ、と笑《わら》う壱成《いっせい》くん。

ど、どうして……。戸惑《とまど》う私《わたし》に、壱成《いっせい》くんは言《い》った。

「ちゃんと虹心《にこ》も体育祭《たいいくさい》に参加《さんか》させてやるからな」

「え？　どういうこと？」

突然《とつぜん》そんなこと言《い》われても、訳《わけ》がわからない。

「いいから。とりあえず心《こころ》の準備《じゅんび》しとけよ」

それだけ言《い》うと、壱成《いっせい》くんはどこかへ行《い》ってしまった。

体育祭《たいいくさい》に参加《さんか》させてやるって……。壱成《いっせい》くん、何《なに》を考《かんが》えてるの？

その答《こた》えがわかったのは、お昼《ひる》に入《はい》る前《まえ》の最後《さいご》の種目《しゅもく》だった。

三年生男子《さんねんせいだんし》による借《か》り物競争《ものきょうそう》は、毎年一番盛《まいとしいちばんも》り上《あ》がる競技《きょうぎ》。

今年《ことし》も例年《れいねん》どおりいろいろな借《か》り物《もの》が用意《ようい》され、みんなが協力《きょうりょく》して必死《ひっし》に借《か》り物《もの》を探《さが》し出《だ》す姿《すがた》が面白《おもしろ》くて、私《わたし》も応援席《おうえんせき》の中《なか》で笑《わら》っていたんだけど。

いよいよ壱成《いっせい》くんが登場《とうじょう》。

真剣《しんけん》な表情《ひょうじょう》でスタートラインに立《た》ち、ピストルが鳴《な》って飛《と》び出《だ》す姿《すがた》は本当《ほんとう》にかっこよくて、一瞬《いっしゅん》たりとも目《め》が離《はな》せない。

引《ひ》き当《あ》てるお題《だい》はなんだろうと楽《たの》しみにしていると、お題《だい》を見《み》るなりクラスの応援席《おうえんせき》に向《む》かって一直線《いっちょくせん》に走《はし》ってきた。

わ、こっち来《く》る！　思《おも》わず身構《みがま》える。

「虹心《にこ》！」

そして名前《なまえ》を呼《よ》びながら私《わたし》の元《もと》へ駆《か》け寄《よ》ってきたかと思《おも》えば、私《わたし》の体《からだ》をひょいとかかえ上《あ》げたのだ。

わわわっ。

「ちょ……壱成《いっせい》くん……っ!?」

そのままコースに戻《もど》った壱成《いっせい》くんは、私《わたし》を抱《だ》きかかえたまま走《はし》り続《つづ》ける。

ぐらぐら揺《ゆ》れる青《あお》い空《そら》が目《め》に入《はい》るけど、もう何《なに》がなんだかわかんない。

「悪《わる》い、もう少《すこ》しだから我慢《がまん》して」

耳元《みみもと》で聞《き》こえる壱成《いっせい》くんの声《こえ》にかぶさるように、まわりからは悲鳴《ひめい》が聞《き》こえる。

「やだ――‼」

「嘘《うそ》でしょーっ！」

そりゃそうだよ……！

校内一《こうないいち》のモテ男《おとこ》、brave《ブレイブ》の総長《そうちょう》が女子《じょし》をお姫様抱《ひめさまだ》っこして走《はし》ってるんだから！

壱成《いっせい》くんと密着《みっちゃく》して心臓《しんぞう》ばっくばくだし、体温《たいおん》もぶわっと上昇《じょうしょう》する。しばらくすると、私《わたし》の体《からだ》がゴールテープを切《き》ったことがわかった。

「よっしゃ、一位《いちい》だ！」

うれしそうな声《こえ》を上《あ》げた壱成《いっせい》くんは、私《わたし》をその場《ば》に優《やさ》しくおろした。

「ど、どうして……っ」

激《はげ》しく高鳴《たかな》る鼓動《こどう》を抑《おさ》えながら尋《たず》ねるけど、私《わたし》の頭《あたま》は真《ま》っ白《しろ》。

「どうしてって、お題《だい》の答《こた》えが虹心《にこ》だったから」

「それって……」

「んー、言《い》えねえ」

そう言《い》って口《くち》を引《ひ》き結《むす》ぶ壱成《いっせい》くんは眩《まぶ》しいほどかっこよくて、もうお題《だい》なんてどうでもよくなった。

「ありがとう……っ。すっごくうれしかった。ゴールテープが切《き》れて」

運動《うんどう》ができない私《わたし》には、初《はじ》めての経験《けいけん》。

私《わたし》の言葉《ことば》に壱成《いっせい》くんは満足《まんぞく》そうに口角《こうかく》を上《あ》げると、

「虹心《にこ》と一緒《いっしょ》に獲《と》った一位《いちい》だ」

そう言《い》って、笑《わら》ってくれたんだ。

「虹心《にこ》——！」

「梓《あずさ》ちゃーん」

そのあと、私《わたし》を迎《むか》えに来《き》てくれた梓《あずさ》ちゃんと合流《ごうりゅう》してぎゅーって抱《だ》き合《あ》った。

「よかったねー。めちゃくちゃ盛《も》り上《あ》がってたよ！」

アンチ壱成《いっせい》くんでも、こういう時《とき》に一緒《いっしょ》に喜《よろこ》んでくれる梓《あずさ》ちゃんには感謝《かんしゃ》。

このあとはお昼休《ひるやす》みだから、教室《きょうしつ》に戻《もど》ってお弁当《べんとう》を食《た》べる予定《よてい》。

梓《あずさ》ちゃんと教室《きょうしつ》へ戻《もど》っていた時《とき》、突然《とつぜん》クラッとして、目《め》の前《まえ》が真《ま》っ暗《くら》になった。

「虹心《にこ》っ……！」

私《わたし》を呼《よ》ぶ声《こえ》が聞《き》こえた直後《ちょくご》、意識《いしき》が途絶《とだ》えた。


目《め》を開《ひら》いた時《とき》、私《わたし》は混乱《こんらん》した。

「えっ？　えっ？」

状況《じょうきょう》がすぐに理解《りかい》できない。

だって保健室《ほけんしつ》のベッドの上《うえ》にいて、その脇《わき》には……椅子《いす》に座《すわ》る壱成《いっせい》くん!?

「なんでっ！」

「寝《ね》てろって。いきなり起《お》きたら体《からだ》に負担《ふたん》がかかるだろ」

ガバッと起《お》き上《あ》がった私《わたし》の肩《かた》に手《て》を当《あ》てて、優《やさ》しくベッドに押《お》し戻《もど》す壱成《いっせい》くん。

その仕草《しぐさ》に、思《おも》わず胸《むね》がきゅんとする。

「あの、わ、私《わたし》……」

「教室《きょうしつ》に向《む》かう途中《とちゅう》で倒《たお》れたんだよ。覚《おぼ》えてない？」

記憶《きおく》をたどる。

壱成《いっせい》くんと借《か》り物競争《ものきょうそう》に出《で》られたのを梓《あずさ》ちゃんと一緒《いっしょ》に喜《よろこ》んで、お弁当《べんとう》を食《た》べるために教室《きょうしつ》に向《む》かっていて、そのあと……。

「ごめん、俺《おれ》が無理《むり》させたせいだよな」

自分《じぶん》のせいだとうなだれる壱成《いっせい》くんに、私《わたし》はううんと首《くび》を左右《さゆう》に振《ふ》った。

「ちちち、違《ちが》う！　それだけは、ぜ——ったいに違《ちが》うから!!」

そんな誤解《ごかい》をされたら困《こま》る。だって、私《わたし》はすごくうれしかったんだから……。

しかも、お姫様抱《ひめさまだ》っこされて揺《ゆ》られていただけだもの。

「身《み》に覚《おぼ》えがあるといえば……昨日《きのう》、寝不足《ねぶそく》で」

「寝不足《ねぶそく》？」

壱成《いっせい》くんの顔《かお》が険《けわ》しくなる。

「体育祭《たいいくさい》が楽《たの》しみで寝《ね》られなかったのか？　虹心《にこ》ってそういうタイプだっけ」

「いや、そうじゃなくて……うん……その……」

「何《なに》、正直《しょうじき》に言《い》って」

ううっ……。

急《きゅう》に先生《せんせい》みたいな口調《くちょう》になるから、これは正直《しょうじき》に言《い》わざるを得《え》ない圧《あつ》を感《かん》じて。

「昨日《きのう》、壱成《いっせい》くんと久《ひさ》しぶりに話《はな》せて……その……興奮《こうふん》して……」

「プッ……なんだよその理由《りゆう》」

わ、笑《わら》われた……っ。恥《は》ずかしくて、首元《くびもと》の布団《ふとん》をぎゅっと握《にぎ》りしめた。

「てか、ダメだろ。ちゃんと寝《ね》ないと」

今度《こんど》は少《すこ》し強《つよ》い口調《くちょう》で言《い》われ、しゅんとする。

でも、なんかこれ、昔《むかし》みたい。

壱成《いっせい》くんが私《わたし》を叱《しか》る時《とき》って、私《わたし》のためを思《おも》ってくれてる時《とき》だけだったから。

「とにかく、今日《きょう》はもう帰《かえ》ってゆっくり寝《ね》ること、いいな」

「うん。わかった」

そのあと、迎《むか》えに来《き》てくれたお母《かあ》さんと家《いえ》に帰《かえ》ったけれど、私《わたし》を保健室《ほけんしつ》に運《はこ》んでくれたのが壱成《いっせい》くんだったと聞《き》いたのは、この日《ひ》の夜《よる》。

早退《そうたい》した私《わたし》を見舞《みま》って、梓《あずさ》ちゃんが送《おく》ってくれたメッセージだった。

「嘘《うそ》っ……」

私《わたし》が倒《たお》れるのを察知《さっち》していち早《はや》く駆《か》けつけてくれたから、私《わたし》はケガせずに済《す》んだのだとか。

私《わたし》の知《し》らないところでそんなことが起《お》きていたなんて……スマホの画面《がめん》を前《まえ》に固《かた》まってしまう。だけど、心臓《しんぞう》はドキドキしはじめる。

『虹心《にこ》っ……！』

意識《いしき》を失《うしな》う寸前《すんぜん》に聞《き》いた声《こえ》は、壱成《いっせい》くんだったのかな。

『その姿《すがた》、まるで姫《ひめ》を守《まも》る王子様《おうじさま》みたいだったよ♡』

続《つづ》けて送《おく》られてきたメッセージに、いっそう速《はや》くなる鼓動《こどう》。

ううっ……。知《し》らなかったのが残念《ざんねん》！

じゃなくて！　こうしちゃいられない。

もう夜《よる》の八時《はちじ》を回《まわ》っていたけれど、お母《かあ》さんに壱成《いっせい》くんの家《いえ》へ行《い》くと告《つ》げて、私《わたし》は家《いえ》を出《で》た。

「まあ、虹心《にこ》ちゃんじゃない！　家《いえ》に来《き》てくれるなんていつぶりかしらー」

昔《むかし》から、本当《ほんとう》の娘《むすめ》みたいに接《せっ》してくれていた壱成《いっせい》くんのお母《かあ》さんは、私《わたし》が来《き》たことをすごく歓迎《かんげい》してくれた。

すっごく優《やさ》しくてかわいらしい人《ひと》で、笑《わら》った顔《かお》は壱成《いっせい》くんにとてもよく似《に》ているの。

「あの、壱成《いっせい》くんいますか？」

「自分《じぶん》の部屋《へや》にいるわよ、さあ上《あ》がって上《あ》がって♪」

ウキウキしているおばさんに会釈《えしゃく》して、私《わたし》は壱成《いっせい》くんの部屋《へや》のある二階《にかい》へ上《あ》がった。

ここには数《かぞ》えきれないくらい来《き》たことがあるのに、久《ひさ》しぶりだから緊張《きんちょう》する。

でも家《いえ》のにおいや雰囲気《ふんいき》はそのままで、すごく懐《なつ》かしい。

「壱成《いっせい》くん、入《はい》っていい？」

ノックをしてドア越《ご》しに声《こえ》をかけると、「えっ？」という声《こえ》が聞《き》こえて。

「はっ？　なんで虹心《にこ》が⁉」

ガチャっと勢《いきお》いよく開《ひら》いたドアから顔《かお》をのぞかせた壱成《いっせい》くんは、めちゃくちゃ焦《あせ》ってる。

「ごめんねっ、突然《とつぜん》来《き》て……」

迷惑《めいわく》だったかな。もしかして、勉強 中《べんきょうちゅう》だったとか？

「いーよ。散《ち》らかってるけど」

だけどそのままドアを大《おお》きく開《ひら》いてくれたからホッとした。

「おじゃましまーす」

恐《おそ》る恐《おそ》る部屋《へや》に足《あし》を踏《ふ》み入《い》れると、そこは見慣《みな》れた壱成《いっせい》くんの部屋《へや》とはずいぶん違《ちが》っていた。レイアウトもそうだし、小学校《しょうがっこう》のころにはなかった雑誌《ざっし》や漫画《まんが》が部屋《へや》の隅《すみ》に積《つ》まれていたり、ベッドカバーも、パステルカラーからシックな色《いろ》のものへ変《か》わっていた。

知《し》らない部屋《へや》に来《き》たみたいで、なんだか落《お》ちつかない。

「適当《てきとう》に座《すわ》って」

ベッドにドスンと腰《こし》かけた壱成《いっせい》くんがそう言《い》うから、

「うん」

なんの迷《まよ》いもなく昔《むかし》みたいに壱成《いっせい》くんの隣《となり》に腰《こし》かけると、一瞬壱成《いっしゅんいっせい》くんは固《かた》まった。

え？　どうか……した？

お互《たが》い、無言《むごん》で顔《かお》を見合《みあ》わせる。

すると壱成《いっせい》くんは、はあーっと大《おお》きく息《いき》を吐《は》いて、

「虹心《にこ》、男《おとこ》の部屋《へや》に来《き》てるって自覚《じかく》ある？」

「へ？」

突然《とつぜん》そんなことを言《い》うから、私《わたし》はキョトン。

男《おとこ》……って。

「俺《おれ》は虹心《にこ》に男《おとこ》って見《み》られてないのかよ」

「そんなこと……」

「俺《おれ》は虹心《にこ》といるとドキドキすんの」

壱成《いっせい》くんは、じっ……と熱《あつ》いまなざしを私《わたし》に注《そそ》ぎ……おもむろに私《わたし》の手《て》を取《と》ると、

「……っ！」

何《なに》を思《おも》ったのか、自分《じぶん》の胸元《むなもと》に持《も》っていったのだ。

な、何《なに》するの!?

驚《おどろ》いて目《め》を丸《まる》くする私《わたし》とは裏腹《うらはら》に、壱成《いっせい》くんは少《すこ》し余裕《よゆう》そうに目《め》を細《ほそ》めている。

なんだか私《わたし》の反応《はんのう》を見《み》て楽《たの》しんでるみたいだよ……！

「ね？」

そう首《くび》をかしげてきた壱成《いっせい》くんを前《まえ》に手《て》に意識《いしき》を向《む》けると、その表情《ひょうじょう》とは反対《はんたい》に、ドクンドクンドクンって、高速《こうそく》で打《う》ちつける鼓動《こどう》がじかに伝《つた》わってくる。

壱成《いっせい》くん、本当《ほんとう》にドキドキしてる……。

それは、私《わたし》といるから？

だからって、どんなリアクションをすればいいのかわからない。

手《て》はつかまれたまま、一気《いっき》に全身《ぜんしん》が熱《あつ》くなっていく。

「なんで虹心《にこ》が真《ま》っ赤《か》になってんの」

「だって……っ」

恥《は》ずかしすぎて何《なに》か言《い》わなきゃ……と思《おも》った結果《けっか》──。

「すっごい、固《かた》いんだね……」

変《へん》なこと口走《くちばし》っちゃうし。

だって、壱成《いっせい》くんの胸板《むないた》……びっくりするくらい固《かた》いんだもん。

「感想《かんそう》それ？　虹心《にこ》らしいな」

笑《わら》いながら、そりゃ鍛《きた》えてるしって、壱成《いっせい》くん。

ううっ、そうじゃなくて……。

私《わたし》、何《なに》しに来《き》たの⁉　お礼《れい》でしょ！

自分自身《じぶんじしん》に突《つ》っ込《こ》んで、真《ま》っ赤《か》になっている顔《かお》のまま口《くち》を開《ひら》く。

「あ……あのね、壱成《いっせい》くん！　今日《きょう》、保健室《ほけんしつ》に運《はこ》んでくれたの、壱成《いっせい》くんだったって聞《き》いて……」

「ああ」

「知《し》らなくて、その……お礼言《れいい》うの遅《おそ》くなってごめんね。本当《ほんとう》にありがとう」

「全然《ぜんぜん》。むしろ、俺《おれ》が虹心《にこ》を助《たす》けられてよかったよ」

言《い》っている間《あいだ》もずっと私《わたし》の手《て》は壱成《いっせい》くんの胸《むね》に押《お》しつけられたままで、今《いま》では私《わたし》の心拍数《しんぱくすう》のほうが上回《うわまわ》ってるかも。

「壱成《いっせい》くん……」

この状況《じょうきょう》をどうにかしてほしいと目《め》で訴《うった》えると、ようやく手《て》を離《はな》してくれた。

「悪《わる》い、あんまドキドキさせると体《からだ》に障《さわ》るよな」

「ううんっ……」

壱成《いっせい》くんのことでドキドキするのは、むしろ体《からだ》によさそうな気《き》がするけど。

やっぱり、今夜《こんや》も眠《ねむ》れそうにないや。

翌日学校《よくじつがっこう》へ行《い》くと、私《わたし》のまわりは一変《いっぺん》していた。

「橋本《はしもと》さんっ！　壱成《いっせい》くんと幼《おさな》なじみなんだって⁉」

「知《し》らなかったよー。羨《うらや》ましいー」

借《か》り物競争《ものきょうそう》と保健室騒動《ほけんしつそうどう》のダブルで、いろいろな人《ひと》から質問攻《しつもんぜ》めにあう。

中学《ちゅうがく》に入《はい》った時《とき》には私《わたし》と壱成《いっせい》くんは疎遠《そえん》になっていたから、幼《おさな》なじみだと知《し》っている人《ひと》は少《すく》なかったのだ。

「あはは、あははははー」

目立《めだ》つことに慣《な》れてないし、どうしていいかわからなくて笑《わら》って誤魔化《ごまか》した。

それからは、brave《ブレイブ》のメンバーからあいさつされることもあって恐縮《きょうしゅく》してばかりの日々《ひび》。

どういう心境《しんきょう》の変化《へんか》なのか、壱成《いっせい》くんも私《わたし》に対《たい》して普通《ふつう》に接《せっ》してくれるようになって、うれしくてたまらなかった。

「brave《ブレイブ》」の真実《しんじつ》

数日後《すうじつご》のお昼休《ひるやす》み。

いつものように、梓《あずさ》ちゃんとおしゃべりしていた時《とき》のことだった。

「大変大変《たいへんたいへん》っ！」

大《おお》きな声《こえ》を上《あ》げながら、クラスメイトの女子《じょし》が教室《きょうしつ》に飛《と》び込《こ》んできた。

何事《なにごと》だろうと、私《わたし》と梓《あずさ》ちゃんもおしゃべりをやめてその子《こ》のほうを見《み》る。

「今《いま》、警察《けいさつ》の人《ひと》が来《き》てて、壱成《いっせい》くんが校長室《こうちょうしつ》に連《つ》れていかれちゃったの！」

警察《けいさつ》？　壱成《いっせい》くんが？

「どういうこと⁉」

「詳《くわ》しく教《おし》えて！」

平和《へいわ》なお昼休《ひるやす》みが一変《いっぺん》。教室内《きょうしつない》に緊張《きんちょう》が走《はし》る。

「壱成《いっせい》くんが担任《たんにん》や学年主任《がくねんしゅにん》に囲《かこ》まれて、校長室《こうちょうしつ》に入《はい》っていくの見《み》ちゃって……っ」

今《いま》にも泣《な》き出《だ》しそうに訴《うった》えるその子《こ》を、みんなが取《と》り囲《かこ》む。

「行《い》くぞっ……！」

brave《ブレイブ》の幹部《かんぶ》たちは我先《われさき》にと教室《きょうしつ》を飛《と》び出《だ》していくし、教室内《きょうしつない》は物々《ものもの》しい空気《くうき》に包《つつ》まれた。

「梓《あずさ》ちゃんどうしよう……」

私《わたし》も足《あし》がガクガク震《ふる》えてくる。不安《ふあん》で梓《あずさ》ちゃんの腕《うで》をつかむと、そっと手《て》を重《かさ》ねてくれた。

「虹心《にこ》……きっと何《なに》かの間違《まちが》いだよ」

そうだよね。壱成《いっせい》くんが警察《けいさつ》に捕《つか》まるなんてありえない……。

brave《ブレイブ》は最強《さいきょう》チーム集団《しゅうだん》。ケンカすることもあるし、ちょっと怖《こわ》くて近寄《ちかよ》りがたいけれど、警察《けいさつ》のお世話《せわ》になるような話《はなし》は今《いま》まで聞《き》いたことがない。

『最近《さいきん》、体《からだ》はどう？　問題《もんだい》ない？』

優《やさ》しい言葉《ことば》をかけてくれた、あの時《とき》の壱成《いっせい》くん思《おも》い出《だ》して頭《あたま》を振《ふ》る。

そんなことあるわけないよ……！

「あっ、虹心《にこ》！」

気《き》づいたら、私《わたし》も教室《きょうしつ》を飛《と》び出《だ》していた。

校長室《こうちょうしつ》の前《まえ》まで向《む》かうと、brave《ブレイブ》のメンバーが大勢《おおぜい》集《あつ》まっていた。

どの顔《かお》も不安《ふあん》そう。

「橋本《はしもと》さん……」

副総長《ふくそうちょう》の宮澤《みやざわ》くんも私《わたし》を見《み》て、なんともいえない顔《かお》をする。

「壱成《いっせい》くん、大丈夫《だいじょうぶ》だよね？」

「警察《けいさつ》に捕《つか》まるようなことなんて……俺《おれ》は何《なに》も聞《き》いてない」

私《わたし》の言葉《ことば》に、宮澤《みやざわ》くんも力《ちから》なく首《くび》を横《よこ》に振《ふ》るだけ。

「嘘《うそ》……嘘《うそ》だよ……っ」

もう、じっとなんてしていられなかった。

壱成《いっせい》くんには、昔《むかし》からいつも守《まも》ってもらってばかりだった。

だから今度《こんど》は私《わたし》が壱成《いっせい》くんを救《すく》いたい……！

——ガラッ!!

気《き》づいたら私《わたし》は、校長室《こうちょうしつ》の扉《とびら》を開《あ》けていた。

「あのっ、京極《きょうごく》くんは、悪《わる》いことするような人《ひと》ではありませんっ！」

開《ひら》いた扉《とびら》の向《む》こうに見《み》えたのは、にこやかな顔《かお》の大人《おとな》たちと、その真《ま》ん中《なか》で居心地悪《いごこちわる》そうに座《すわ》っている壱成《いっせい》くん。

突然現《とつぜんあらわ》れた私《わたし》に、大人《おとな》たちの顔《かお》はやがてポカンとしていく。

あ……れ……？

「橋本《はしもと》、どうしたんだ」

担任《たんにん》の先生《せんせい》は、困惑《こんわく》したように立《た》ち上《あ》がると私《わたし》の元《もと》に寄《よ》ってくる。

「あの……これはどういう状況《じょうきょう》で……」

壱成《いっせい》くんは苦笑《にがわら》いしているし、ますます意味《いみ》がわからない。

「先日《せんじつ》の夜《よる》、三歳《さんさい》の子《こ》どもが裸足《はだし》でふらふら歩《ある》いていたそうなんだ。それを不審《ふしん》に思《おも》った京極《きょうごく》が、保護《ほご》して警察《けいさつ》まで送《おく》り届《とど》けてな。親御《おやご》さんがものすごく感謝《かんしゃ》されていたようで、警察《けいさつ》も、ぜひ表彰《ひょうしょう》したいということで来《き》てくださったんだよ」

「ひょう……しょう……？」

逮捕《たいほ》、じゃなくて？

確認《かくにん》するように壱成《いっせい》くんに目《め》を向《む》けると、笑《わら》いながらゆっくりと口《くち》を開《ひら》く。

「虹心《にこ》、早《はや》とちりしすぎ」

かあっと全身《ぜんしん》に火《ひ》がついたように熱《あつ》くなる。

まさか、そういうことだったとは……。

「は、恥《は》ずかしいっ……す、すみません……っ」

私《わたし》は顔《かお》を両手《りょうて》で覆《おお》いながら頭《あたま》を下《さ》げた。

「焦《あせ》ったー、でも安心《あんしん》した」

「さすが壱成《いっせい》だわ」

私《わたし》に続《つづ》いて入《はい》ってきたbrave《ブレイブ》の幹部《かんぶ》たちも、みんな笑《わら》ってる。

「これはこれは。余計《よけい》な心配《しんぱい》をかけてしまったようで申《もう》し訳《わけ》なかったね」

警察《けいさつ》の人《ひと》にも謝《あやま》られちゃうし、本当《ほんとう》に穴《あな》があったら入《はい》りたかった。

それで初《はじ》めて知《し》ったことだけど、brave《ブレイブ》は、日《ひ》ごろから街《まち》の治安維持《ちあんいじ》に一役買《ひとやくか》っているということ。

困《こま》っている人《ひと》に手《て》を差《さ》し伸《の》べたり、人助《ひとだす》けするのが主《おも》な活動《かつどう》なんだって。

強引《ごういん》なナンパをしている人《ひと》や治安《ちあん》を乱《みだ》すような相手《あいて》と対峙《たいじ》する時《とき》、ケンカをしてしまうこともあるらしい。

この間《あいだ》の高校生《こうこうせい》とのケンカも、うちの生徒《せいと》が絡《から》まれているところを助《たす》けるためだったみたい。学校側《がっこうがわ》も助《たす》かることが多《おお》いから、先生《せんせい》たちも黙認《もくにん》しているんだって。

ただ、危《あぶ》ないことはするなよ、とは言《い》われているみたいだけど。

それともうひとつ、brave《ブレイブ》は「勇敢《ゆうかん》」という意味《いみ》だということも……。


「壱成《いっせい》くん、ごめんね……」

放課後《ほうかご》。私《わたし》は壱成《いっせい》くんに合《あ》わせる顔《かお》がないながらも、改《あらた》めて謝《あやま》った。

「虹心《にこ》が謝《あやま》ることないよ。たしかに警察《けいさつ》が来《き》たらビビるよな。俺《おれ》も最初呼《さいしょよ》ばれた時《とき》、なんかしたっけって焦《あせ》ったし」

そう言《い》ってはにかむ壱成《いっせい》くんは、すごく照《て》れているようだった。

「表彰《ひょうしょう》なんてすごいね！」

「表彰《ひょうしょう》は断《ことわ》った」

「そうなの？　どうして？」

「俺《おれ》は当《あ》たり前《まえ》のことをしただけだし。きっと、誰《だれ》だってあの場《ば》に遭遇《そうぐう》したら俺《おれ》と同《おな》じ行動《こうどう》をとるはず。たまたま居合《いあ》わせたのが俺《おれ》だったって話《はなし》なだけ」

そんな壱成《いっせい》くんが、またかっこいいと思《おも》った。

「じゃあ私《わたし》が表彰《ひょうしょう》してあげる。京極壱成殿《きょうごくいっせいどの》、あなたは人助《ひとだす》けというとてもいいことをしました。私《わたし》が表《ひょう》しします！」

おどけて言《い》うと、

「これが一番《いちばん》うれしい。ありがとな」

頭《あたま》の上《うえ》に手《て》を置《お》いて、優《やさ》しくポンポンしてくれた。

昔《むかし》もよくこうしてくれたっけ……。そして今《いま》でも優《やさ》しいままの壱成《いっせい》くんでいてくれたことが、何《なに》よりうれしかった。

未来《みらい》の約束《やくそく》

今日《きょう》は梓《あずさ》ちゃんと放課後《ほうかご》、ショッピングモールにやってきた。

表彰《ひょうしょう》を断《ことわ》った壱成《いっせい》くんに、私《わたし》が何《なに》かしてあげたいと思《おも》ったの。

そしたらちょうど、もうすぐ壱成《いっせい》くんの誕生日《たんじょうび》だと気《き》づき。

梓《あずさ》ちゃんに付《つ》き合《あ》ってもらって、プレゼントを買《か》いに来《き》たんだ。

「私《わたし》、トイレ行《い》ってくるね！」

「うん、じゃあここで待《ま》ってる」

無事《ぶじ》に買《か》い物《もの》が終《お》わり、包装《ほうそう》してもらったプレゼントを眺《なが》めてニヤニヤする。

いいスポーツタオルが買《か》えてよかった。それをカバンにしまい終《お》えた時《とき》。

「その制服《せいふく》、南中《みなみちゅう》だよねー」

見《み》るからに柄《がら》の悪《わる》そうな男子三人組《だんしさんにんぐみ》に声《こえ》をかけられた。

……関《かか》わったら大変《たいへん》そう。一歩足《いっぽあし》を後退《こうたい》させて、視線《しせん》をそらす。

「えー無視《むし》しないでよー」

それでもしつこく話《はな》しかけてくるから場所《ばしょ》を変《か》えようと、動《うご》きながら梓《あずさ》ちゃんにメッセージを打《う》つ。

「やめてくださいっ……」

けれど、お店《みせ》の外《そと》に出《で》たところで、腕《うで》をつかまれてしまった。

「抵抗《ていこう》すると痛《いた》い目《め》に遭《あ》うよ。いいから大人《おとな》しくしときな」

連《つ》れてこられたのは、モールの裏手《うらて》にある人気《ひとけ》のない公園《こうえん》。

気《き》づいたら、スマホがなかった。

嘘《うそ》っ、落《お》としちゃったのかな。梓《あずさ》ちゃんにもメッセージ送《おく》れなかったしどうしよう。

「おせえな車《くるま》」

彼《かれ》らの話《はなし》の内容《ないよう》から、このあと迎《むか》えの車《くるま》が来《き》て、私《わたし》はどこかに連《つ》れていかれるのかもしれない恐怖《きょうふ》に襲《おそ》われる。

怖《こわ》くてたまらないけど……。グッと手《て》を握《にぎ》りしめて勇気《ゆうき》を振《ふ》り絞《しぼ》る。

「こ、こんなことしてどうするんですか」

「お礼《れい》だよ。この間《あいだ》、キミの中学《ちゅうがく》のやつらに俺《おれ》らの仲間《なかま》がかわいがってもらったみたいでね。だったらお礼《れい》をしなきゃだろ？」

それって、もしかして壱成《いっせい》くんたち……？　高校生相手《こうこうせいあいて》にケンカして圧勝《あっしょう》したって、梓《あずさ》ちゃんが言《い》ってたような。

怪《あや》しげな笑《え》みを浮《う》かべる彼《かれ》の言《い》うお礼《れい》が、言葉《ことば》どおりのお礼《れい》なわけがない。

つまり、報復《ほうふく》ってこと……⁉

「まあ、あんたかわいいし、ウチの総長《そうちょう》にも喜《よろこ》んでもらえると思《おも》うわ」

絶対絶命《ぜったいぜつめい》だ。

「やっ。離《はな》して……っ！」

「うるせえガキだな、黙《だま》れよ！」

諦《あきら》めたら終《お》わりだ。必死《ひっし》の抵抗《ていこう》を試《こころ》みていると――。

「てめえら、その手《て》をどけろ‼」

背後《はいご》から、恐《おそ》ろしく冷《つめ》たい声《こえ》が聞《き》こえた。

――壱成《いっせい》くん⁉

「ああ？　誰《だれ》だてめえ……うおっ」

突然現《とつぜんあらわ》れた壱成《いっせい》くんは、あっという間《ま》に私《わたし》をつかんでいる男子《だんし》のお腹《なか》にグーパンチを入《い》れて倒《たお》してしまう。

「俺《おれ》を本気《ほんき》で怒《おこ》らせたらどうなるか教《おし》えてやるよ」

「な、何《なに》もんだ、お前っ」

「俺《おれ》を甘《あま》く見《み》んなよ。この日《ひ》のためにずっと鍛《きた》えてたようなもんだからな……！」

鋭《するど》い目《め》つきで相手《あいて》を威嚇《いかく》したあと私《わたし》を振《ふ》り返《かえ》って、

「虹心《にこ》、大丈夫《だいじょうぶ》か」

男子《だんし》たちに向《む》けるのとは違《ちが》う、優《やさ》しい声《こえ》をかけてくれた。

「うん……」

壱成《いっせい》くんが来《き》てくれた……もう絶対《ぜったい》に大丈夫《だいじょうぶ》だという安心感《あんしんかん》に包《つつ》まれる。

「すぐ終《お》わらせる。頼《たの》むから少《すこ》しの間《あいだ》、目《め》をつむって耳《みみ》もふさいでて」

私《わたし》は壱成《いっせい》くんの言《い》うとおりにした。それでもかすかに音《おと》は聞《き》こえてきて……。人《ひと》が倒《たお》れる音《おと》やうめく声《こえ》、それが相手《あいて》なのか壱成《いっせい》くんなのかわからないから、心配《しんぱい》でたまらないよ。

やがて静寂《せいじゃく》が訪《おとず》れて……。

「虹心《にこ》、もういいよ」

耳《みみ》をふさいでいる手《て》をそっと外《はず》され目《め》を開《あ》けると、そこは鳥《とり》がさえずる平和《へいわ》な公園《こうえん》。

「あれ……さっきの人《ひと》たちは？」

「尻尾巻《しっぽま》いて逃《に》げてった」

「ええっ！」

壱成《いっせい》くんひとりでやっつけちゃったの!?

制服《せいふく》は乱《みだ》れているけど、壱成《いっせい》くんには傷《きず》ひとつない。相当《そうとう》な強《つよ》さだ。

「ありが……とう……」

私《わたし》は力《ちから》が抜《ぬ》けて、その場《ば》にヘナヘナしゃがみ込《こ》む。

「大丈夫《だいじょうぶ》か!?」

「ちょっと、胸《むね》が苦《くる》しい……」

呼吸《こきゅう》が荒《あら》くなり汗《あせ》も浮《う》かんできた。恐怖《きょうふ》が引《ひ》き金《がね》となって体《からだ》に悪影響《あくえいきょう》が出《で》たのかも。

「虹心《にこ》っ、待《ま》ってろ、すぐ救急車《きゅうきゅうしゃ》呼ぶからな！」

そして私《わたし》は壱成《いっせい》くんの胸《むね》の中《なか》で、意識《いしき》を手放《てばな》した。

その後《ご》、壱成《いっせい》くんが呼《よ》んでくれた救急車《きゅうきゅうしゃ》に乗《の》って病院《びょういん》に運《はこ》ばれた私《わたし》。救急車《きゅうきゅうしゃ》の中《なか》で意識《いしき》が戻《もど》ると、そばにいたのは梓《あずさ》ちゃんだった。

トイレの近《ちか》くにスマホを落《お》としていたらしく、梓《あずさ》ちゃんは画面《がめん》に残《のこ》されたメッセージを見《み》て、壱成《いっせい》くんに連絡《れんらく》してくれたみたい。

運《はこ》ばれたのがかかりつけの病院《びょういん》だったこともあり、いろいろ検査《けんさ》してもらい異常《いじょう》なし。

だけど、病院《びょういん》を出《で》られたのはすっかり陽《ひ》が暮《く》れてからだった。

梓《あずさ》ちゃんは先《さき》に帰《かえ》り、今《いま》は迎《むか》えに来《き》たお父《とう》さんの車《くるま》で帰宅中《きたくちゅう》。

お父《とう》さんてば、仕事《しごと》を放《ほう》り投《な》げて病院《びょういん》に駆《か》けつけてくれたんだって。

「お父《とう》さんもお母《かあ》さんもありがとう」

「無事《ぶじ》でよかった。いやあ、今回《こんかい》ばかりは壱成《いっせい》に感謝《かんしゃ》しないとな」

「そうね。それもお父《とう》さんのお達《たっ》しが……あっ」

お母《かあ》さんがまずいことでも言《い》ったかのように、途中《とちゅう》で話《はな》すのをやめて口《くち》に手《て》を当《あ》てた。

「え？　何《なに》？」

聞《き》き逃《のが》さなかった私《わたし》は、後部座席《こうぶざせき》から身《み》を乗《の》り出《だ》す。

困《こま》ったように目《め》を合《あ》わせたふたりだけど、「まあ、もういいか」と前置《まえお》きをして、渋々《しぶしぶ》お父《とう》さんが口《くち》を開《ひら》いた。

「六年生《ろくねんせい》の時《とき》、壱成《いっせい》が将来《しょうらい》虹心《にこ》と結婚《けっこん》したいなんて言《い》ってきたんだよ」

「ええっ……」

け、結婚《けっこん》!? そんなことを壱成《いっせい》くんが!?

「だから、お父《とう》さんは『ひよっ子《こ》に大事《だいじ》な娘《むすめ》はやれない』って言《い》ったんだ。『本当《ほんとう》に虹心《にこ》のことが好《す》きなら、もっと心《こころ》と体《からだ》を鍛《きた》えろ』って」

「何《なに》それ、そんなの知《し》らない……」

「虹心《にこ》を我慢《がまん》することも、心《こころ》を鍛《きた》えることの一環《いっかん》だからな。南中《みなみちゅう》に入《はい》るなら、brave《ブレイブ》があるしちょうどよかった」

はいっ!? 壱成《いっせい》くんが私《わたし》と疎遠《そえん》になったのって、お父《とう》さんのせい!?

っていうか、brave《ブレイブ》って……。

「もし総長《そうちょう》に任命《にんめい》されれば本物《ほんもの》だしな……って、本当《ほんとう》に総長《そうちょう》になったけど」

「待《ま》って。お父《とう》さん、brave《ブレイブ》を知《し》ってるの!?」

「知《し》ってるも何《なに》も、初代《しょだい》の総長《そうちょう》はお父《とう》さんだからな。すごいだろー」

「………」

頭《あたま》が混乱《こんらん》してきた。つまり話《はなし》を整理《せいり》すると。

壱成《いっせい》くんは、お父《とう》さんに認《みと》めてもらうために私《わたし》と関《かか》わるのをやめて、心《こころ》と体《からだ》を鍛《きた》えるためにbrave《ブレイブ》に入《はい》って……そして伝説《でんせつ》の総長《そうちょう》にまで上《のぼ》りつめたってこと……？

そんな……。壱成《いっせい》くんが変《か》わっちゃったって悲《かな》しんでた時間《じかん》を返《かえ》してほしいよ！

「ひどいよお父《とう》さん。もう、お父《とう》さんなんて知《し》らないっ！」

そこでちょうど家《いえ》につき、私《わたし》は急《いそ》いで車《くるま》から飛《と》び降《お》りた。

「に、虹心《にこ》……っ、待《ま》ってくれ……っ」

そんなお父《とう》さんの声《こえ》を背《せ》に、その足《あし》で向《む》かうは壱成《いっせい》くんの家《いえ》。

息《いき》を整《ととの》えてインターフォンを押《お》すと、すぐに壱成《いっせい》くんが出《で》てきて、私《わたし》はその胸《むね》に勢《いきお》いよく飛《と》びついた。

「に、に……こ……？」

戸惑《とまど》ったような壱成《いっせい》くんの声《こえ》。

「もう大丈夫《だいじょうぶ》なのか？」

私《わたし》は壱成《いっせい》くんの胸《むね》の中《なか》で、何度《なんど》も首《くび》を縦《たて》に振《ふ》る。

「お父《とう》さんから全部《ぜんぶ》聞《き》いちゃった」

恐《おそ》る恐《おそ》る壱成《いっせい》くんを見上《みあ》げると……。

「全部《ぜんぶ》って……全部《ぜんぶ》？」

「うん。そう全部《ぜんぶ》」

私《わたし》の言葉《ことば》にすべてを悟《さと》ったのか、壱成《いっせい》くんは天《てん》を仰《あお》ぎながら大《おお》きな息《いき》を吐《は》いた。

だけど、すぐに視線《しせん》を私《わたし》に移《うつ》す。

「ごめん。俺《おれ》、虹心《にこ》に隠《かく》してることがあった」

いつになく真剣《しんけん》な壱成《いっせい》くんの瞳《ひとみ》。

見《み》つめられた私《わたし》は、ドキドキしながら壱成《いっせい》くんの言葉《ことば》を待《ま》った。

「俺《おれ》の一番目《いちばんめ》に好《す》きなもの、教《おし》えてあげる」

唐突《とうとつ》に投《な》げられた言葉《ことば》の意味《いみ》がわからず私《わたし》が首《くび》をかしげると、壱成《いっせい》くんは私《わたし》の耳元《みみもと》にそっと口《くち》を寄《よ》せて、

「虹心《にこ》」

……って、言《い》ったんだ。

「壱成《いっせい》くん……」

うれしくって、幸《しあわ》せで、もう胸《むね》がいっぱいだよ……。

「私《わたし》も壱成《いっせい》くんが好《す》き。ずっと、好《す》きだった……」

やっと伝《つた》えられた。

好《す》きな人《ひと》に好《す》きって伝《つた》えられるのは、こんなにも幸《しあわ》せなことなんだね。

壱成《いっせい》くんとすれ違《ちが》っていた時《とき》は、こんな日《ひ》が来《く》ると思《おも》わなかった。

「マジで……？」

壱成《いっせい》くんは驚《おどろ》いたように目《め》を丸《まる》くしたあと、力強《ちからづよ》く言《い》った。

「おじさんも、もう俺《おれ》のこと認《みと》めてくれるはず。ってか、もうそんなの関係《かんけい》ねえよ。俺《おれ》が虹心《にこ》を好《す》きだってことはどうしたって変《か》わらないんだから」

そう言《い》いながら、壱成《いっせい》くんがポケットから取《と》り出《だ》したのは紙切《かみき》れ。少《すこ》しくしゃくしゃになったそれは、借《か》り物競争《ものきょうそう》のお題《だい》だった。

「何《なに》が出《で》ても虹心《にこ》を連《つ》れていくつもりだったけど、俺《おれ》って引《ひ》き強《つよ》いな」

見《み》せてくれた紙《かみ》には【一番好《いちばんす》きなもの】と書《か》かれていた。

その文字《もじ》も、ゆらゆら揺《ゆ》れる視界《しかい》でよく見《み》えない……。

「ずっとずっと好《す》きだった。この気持《きも》ちは一生変《いっしょうか》わらない」

まっすぐ伝《つた》えてくれる壱成《いっせい》くんの言葉《ことば》を、しっかりと胸《むね》の中《なか》に閉《と》じ込《こ》める。

「恋人同士《こいびとどうし》になるとか、そんな曖昧《あいまい》なものじゃ足《た》りない。虹心《にこ》、大人《おとな》になったら俺《おれ》と結婚《けっこん》してほしい」

まさかプロポーズされるとは思《おも》わず、すごくびっくりしたけど……。

「はい、こちらこそよろしくお願《ねが》いしますっ」

私《わたし》は再《ふたた》び壱成《いっせい》くんの胸《むね》に飛《と》び込《こ》んだ。

涙《なみだ》がボロボロ出《で》てきて止《と》まらない。

そんな私《わたし》の涙《なみだ》を、壱成《いっせい》くんは優《やさ》しく拭《ぬぐ》ってくれて……。

「一生《いっしょう》、大切《たいせつ》にする」

私《わたし》の唇《くちびる》に、そっとキスをした。

END

極悪非道《ごくあくひどう》な総長《そうちょう》さまからの溺愛《できあい》が止《と》まらない

美甘《みあま》うさぎ・著

豊崎想來《とよざきそら》

正義感《せいぎかん》が強《つよ》く、まっすぐな性格《せいかく》の中学二年生《ちゅうがくにねんせい》。不良《ふりょう》に絡《から》まれているところを助《たす》けられたのをきっかけに、利鶴《りつ》が気《き》になる存在《そんざい》に。

倉掛利鶴《くらがけりつ》

極悪非道《ごくあくひどう》な不良《ふりょう》グループ「BADCRANE《バッドクレーン》」の総長《そうちょう》でケンカ最強《さいきょう》。無愛想《ぶあいそう》だけど本当《ほんとう》は優《やさ》しい。何《なに》かと気《き》にかけてくれる想來《そら》に惹《ひ》かれていき…。

校内《こうない》で有名《ゆうめい》な不良《ふりょう》グループのイケメン総長《そうちょう》、利鶴《りつ》に助《たす》けられた想來《そら》。同《おな》じクラスになったふたりは次第《しだい》に惹《ひ》かれ合《あ》っていくけど、利鶴《りつ》と敵対《てきたい》するグループの総長《そうちょう》に想來《そら》が連《つ》れ去《さ》られてしまう。

噂《うわさ》の総長《そうちょう》さま

新《あたら》しい制服《せいふく》を着《き》こなせず緊張《きんちょう》していた入学式《にゅうがくしき》から、約一年《やくいちねん》がたった。私《わたし》、豊崎想來《とよざきそら》は今日《きょう》から中学二年生《ちゅうがくにねんせい》になる。

学校《がっこう》までは住宅地《じゅうたくち》を抜《ぬ》けて、歩《ある》いて十五分程度《じゅうごふんていど》。

角地《かどち》にある美容室《びようしつ》に近《ちか》づいたところで、騒《さわ》がしい声《こえ》が聞《き》こえてきた。

角《かど》を曲《ま》がると、十《じゅう》メートルほど先《さき》に制服《せいふく》を着《き》た男子《だんし》が数人《すうにん》いる。

ひとりは同《おな》じ中学校《ちゅうがっこう》の制服《せいふく》で、他《ほか》の三人《さんにん》は隣《となり》の東中学校《ひがしちゅうがっこう》の制服《せいふく》を着《き》ている。

東中学校《ひがしちゅうがっこう》の三人《さんにん》は制服《せいふく》を着崩《きくず》し髪色《かみいろ》も明《あか》るくて、見《み》る限《かぎ》り不良《ふりょう》っぽい。

同《おな》じ中学《ちゅうがく》の男子《だんし》は、制服《せいふく》がぶかぶかだから一年生《いちねんせい》かな。

「お前《まえ》、さっき睨《にら》んだよな？」

「いや、睨《にら》んでません……」

東中学《ひがしちゅうがく》の不良《ふりょう》は三人《さんにん》でひとりを囲《かこ》み、壁《かべ》に追《お》い込《こ》んで逃《に》げられないようにしている。

三人《さんにん》でひとりを攻撃《こうげき》するなんて……卑怯《ひきょう》すぎるよ。

私《わたし》は思《おも》わず駆《か》け出《だ》していた。

「な、何《なに》してるんですか？　やめてあげてください」

恐怖《きょうふ》で震《ふる》え出《だ》しそうになるのを抑《おさ》えながら不良《ふりょう》たちに声《こえ》をかけると、四人《よにん》が一斉《いっせい》に私《わたし》を見《み》る。

ターゲットになっていた男子生徒《だんしせいと》は、明《あき》らかに怯《おび》えた表情《ひょうじょう》を浮《う》かべていた。

すると、「ああ？」と不良《ふりょう》のひとりが低《ひく》い声《こえ》を出《だ》し、眉間《みけん》にしわを寄《よ》せて私《わたし》を睨《にら》んでくる。

「お前誰《まえだれ》だよ？　関係《かんけい》ないやつは邪魔《じゃま》すんじゃねえよ」

「その子《こ》と同《おな》じ学校《がっこう》の生徒《せいと》なので関係《かんけい》あります」

不良三人《ふりょうさんにん》は顔《かお》を見合《みあ》わせて手《て》を叩《たた》いて笑《わら》う。

こういう時《とき》、怖《こわ》くて見《み》て見《み》ぬふりをする人《ひと》は多《おお》いかもしれないけど、私《わたし》にはできない。

だって、弱《よわ》い者《もの》いじめがこの世《よ》で一番嫌《いちばんきら》いだから。

「怖《こわ》がってるからやめてあげてください」

再《ふたた》び私《わたし》が言《い》うと、不良《ふりょう》たちはチッと舌打《したう》ちをする。

「あー、もうめんどくせえ。お前《まえ》はもういいや」

そう言《い》って怯《おび》えていた男子生徒《だんしせいと》の肩《かた》を押《お》して突《つ》き放《はな》すと、その男子生徒《だんしせいと》は「す、すみません……っ」と私《わたし》に頭《あたま》を下《さ》げて、その場《ば》から走《はし》り去《さ》った。

男子生徒《だんしせいと》の背中《せなか》を見《み》てホッとしつつ、学校《がっこう》へ向《む》かうため足《あし》を一歩《いっぽ》踏《ふ》み出《だ》した時《とき》だった。

「じゃあ、お前《まえ》に相手《あいて》してもらおうかな」

運悪《うんわる》く、次《つぎ》の標的《ひょうてき》は私《わたし》に。

「お前《まえ》のせいで、俺《おれ》たちのストレスの発散相手《はっさんあいて》がいなくなっちゃった」

「さっきもですけど、三人《さんにん》でひとりを攻撃《こうげき》して……卑怯《ひきょう》すぎませんか？」

「お前《まえ》、あんま調子乗《ちょうしの》んなよ？」

私《わたし》の言葉《ことば》に金髪《きんぱつ》の不良《ふりょう》の目《め》の色《いろ》が変《か》わった次《つぎ》の瞬間《しゅんかん》、その不良《ふりょう》が私《わたし》に向《む》かって手《て》を振《ふ》り上《あ》げるのが見《み》えた。

——叩《たた》かれる!!

そう思《おも》った私《わたし》は、目《め》をつぶって体《からだ》に力《ちから》を入《い》れる。

だけど、痛《いた》みはやってこない。

恐《おそ》る恐《おそ》るまぶたを開《あ》けると——私《わたし》の顔《かお》の数《すう》センチ手前《てまえ》で、金髪《きんぱつ》の人《ひと》の腕《うで》が誰《だれ》かの手《て》によって止《と》められていた。

「倉掛利鶴《くらがけりつ》……⁉　なんでお前《まえ》がいんだよ⁉」

金髪《きんぱつ》の不良《ふりょう》は、驚《おどろ》きと焦《あせ》った様子《ようす》で自分《じぶん》を止《と》めた相手《あいて》を見《み》た。

その反応《はんのう》になるのもわかる。

だって、金髪《きんぱつ》の不良《ふりょう》と私《わたし》の間《あいだ》にいるのは——極悪非道《ごくあくひどう》で有名《ゆうめい》な不良《ふりょう》だから。

私《わたし》が通《かよ》う南中学校《みなみちゅうがっこう》には、「BADCRANE《バッドクレーン》」という不良《ふりょう》グループがあり、噂《うわさ》では、時間《じかん》さえあればケンカをしていると聞《き》いた。

北中《きたちゅう》、南中《みなみちゅう》、東中《ひがしちゅう》、西中《にしちゅう》とそれぞれの中学校《ちゅうがっこう》に不良《ふりょう》グループが存在《そんざい》していて、今《いま》のところ「BADCRANE《バッドクレーン》」が頭《あたま》ひとつ飛《と》び抜《ぬ》けてて強《つよ》いらしい。

——そして、その総長《そうちょう》である倉掛利鶴《くらがけりつ》は、もっとも恐《おそ》れられている存在《そんざい》。

学校《がっこう》で何度《なんど》か見《み》たことはあるけど、こんなに間近《まぢか》で見《み》たのは初《はじ》めてだ。身長《しんちょう》が一六〇センチの私《わたし》が見上《みあ》げるほどなので、一八〇センチはありそう。

「とりあえず手《て》、離《はな》せよ」

「お前《まえ》から先《さき》に手《て》を出《だ》したくせに、何《なに》ビビッてんの？」

「う、うるせえ！」

金髪《きんぱつ》の人《ひと》が反対《はんたい》の手《て》で殴《なぐ》りかかる。倉掛《くらがけ》くんは腕《うで》を離《はな》したあとに瞬時《しゅんじ》に避《よ》け、すごい速《はや》さで金髪《きんぱつ》の人《ひと》の顔《かお》に当《あ》たる寸前《すんぜん》でこぶしを止《と》めた。

「これ以上《いじょう》やられたくなかったら、さっさと消《き》えろ」

金髪《きんぱつ》の人《ひと》は殴《なぐ》られていないのに、あまりの恐怖《きょうふ》で腰《こし》を抜《ぬ》かし、「覚《おぼ》えてろよ……っ」と言《い》うと、驚《おどろ》いて固《かた》まっているふたりを連《つ》れてその場《ば》から逃《に》げるように走《はし》り去《さ》った。

噂《うわさ》では、倉掛《くらがけ》くんは誰《だれ》かれ構《かま》わず暴力《ぼうりょく》を振《ふ》るい、道端《みちばた》で目《め》が合《あ》うとケンカを売《う》ると聞《き》いていた。

だから、私《わたし》を助《たす》けてくれたことに驚《おどろ》きを隠《かく》せない。

一番《いちばん》の衝撃《しょうげき》は、不良《ふりょう》たちを殴《なぐ》らなかったこと。

「ありが……」と、お礼《れい》を言《い》おうとしたけど、倉掛《くらがけ》くんは私《わたし》の顔《かお》を見《み》ることなくそのまま歩《ある》きはじめてしまった。

両手《りょうて》を制服《せいふく》のズボンのポケットに入《い》れてダルそうに歩《ある》いている。急《いそ》いであとを追《お》い、私《わたし》は隣《となり》を歩《ある》いた。

「助《たす》けてくれてありがとう」

「……今度《こんど》からはやめろよ」

「え？」

倉掛《くらがけ》くんはその場《ば》で立《た》ち止《ど》まって軽《かる》くため息《いき》をついたあと、私《わたし》のほうに体《からだ》を向《む》けた。

「相手《あいて》を挑発《ちょうはつ》すんじゃねえ。今度《こんど》は殴《なぐ》られるぞ」と、倉掛《くらがけ》くんは私《わたし》の顔《かお》をジッと見《み》おろす。

黒《くろ》く長《なが》めの前髪《まえがみ》は真《ま》ん中《なか》で分《わ》けられ、その隙間《すきま》から切《き》れ長《なが》の目《め》が見《み》える。

――なんでだろう。その瞳《ひとみ》をもっと近《ちか》くで見《み》たいと思《おも》ってしまう。こんなに顔《かお》が整《ととの》っている人《ひと》を初《はじ》めて見《み》た。

切《き》れ長《なが》な目《め》はもちろん、鼻筋《はなすじ》が通《とお》っていて唇《くちびる》は薄《うす》く、男《おとこ》らしい顔立《かおだ》ち。かっこいいという言葉《ことば》はこの人《ひと》のためにあるのかもしれない。

「おい、聞《き》いてる?」

「あ、うん。わかった……」

「はあ、変《へん》な女《おんな》」

「変《へん》な女《おんな》!?」

再《ふたた》び歩《ある》きはじめた倉掛《くらがけ》くんのつぶやきが聞《き》き捨《ず》てならず、私《わたし》は食《く》い気味《ぎみ》で聞《き》き返《かえ》した。

「あんな不良《ふりょう》が絡《から》んでるところをたったひとりで飛《と》び込《こ》むとか、どう考《かんが》えても変《へん》だろ」

さっきかっこいいと思《おも》ったことを後悔《こうかい》した。

「べつに変《へん》じゃないよ！　誰《だれ》かが絡《から》まれてたら助《たす》けてあげたいと思《おも》うでしょ？」

「あのままだったら叩《たた》かれてたぞ」

「……っ」

「それなのに不良《ふりょう》を挑発《ちょうはつ》して、無謀《むぼう》すぎ」

彼《かれ》の言《い》うことが間違《まちが》っていないから、何《なに》も言《い》い返《かえ》せない。

助《たす》けに来《き》てくれてなかったら、私《わたし》は殴《なぐ》られていた。彼《かれ》のことをよく知《し》ってるわけではないけど、今日《きょう》のできごとだけでいったら極悪非道《ごくあくひどう》ではなさそう。

もしかして……嘘《うそ》の噂《うわさ》が広《ひろ》まってしまっただけで、本当《ほんとう》の彼《かれ》は優《やさ》しいのかな。

「私《わたし》ね、弱《よわ》い者《もの》いじめをする人《ひと》が嫌《きら》いなんだ。倉掛《くらがけ》くんも嫌《きら》いでしょ？」

「俺《おれ》の何《なに》を知《し》ってるんだよ」

「だって、私《わたし》のことを助《たす》けてくれた」

「たまたま通《とお》りかかっただけ」

「だとしても、私《わたし》の想像《そうぞう》する不良《ふりょう》とは違《ちが》うなって思《おも》ったよ」

彼《かれ》はそれに対《たい》して、「俺《おれ》もみんなに嫌《きら》われてるただの不良《ふりょう》だよ」とつぶやいた。

そのあとも私《わたし》がしつこく話《はな》しかけるとダルそうにはするけど、必《かなら》ず返事《へんじ》はしてくれる。

危《あぶ》ない運転《うんてん》をする自転車《じてんしゃ》が通《とお》った時《とき》も、さりげなく私《わたし》を歩道《ほどう》の端《はし》に寄《よ》せてくれた。

この人《ひと》が誰《だれ》かれ構《かま》わず攻撃《こうげき》するような人《ひと》とは思《おも》えない。

たしかに突然《とつぜん》目《め》の前《まえ》に現《あらわ》れた時《とき》は、金髪《きんぱつ》の人《ひと》に対《たい》するものすごい威圧的《いあつてき》なオーラを感《かん》じて、これが巷《ちまた》で有名《ゆうめい》な不良《ふりょう》グループの総長《そうちょう》なんだと実感《じっかん》したけど。

ただケンカが好《す》きで、意味《いみ》もなく人《ひと》を傷《きず》つけるようなことはしなかった。

そのあと倉掛《くらがけ》くんと下駄箱《げたばこ》で別《わか》れ、それぞれ二年生《にねんせい》の教室《きょうしつ》へと向《む》かった。

自分《じぶん》の新《あたら》しい教室《きょうしつ》は二年生《にねんせい》の廊下《ろうか》に貼《は》り出《だ》されていて、私《わたし》は二年二組《にねんにくみ》だった。

教室《きょうしつ》に入《はい》り、出席番号順《しゅっせきばんごうじゅん》で割《わ》り振《ふ》られた自分《じぶん》の席《せき》へ向《む》かうと――隣《となり》の席《せき》には倉掛《くらがけ》くんが座《すわ》っていた。

驚《おどろ》きのあまり、一瞬《いっしゅん》動《うご》きが止《と》まった。

「助《たす》けてもらった日《ひ》に同《おな》じクラスで席《せき》も隣《となり》になるなんてすごいね」

「たまたまだろ」

彼《かれ》は素《そ》っ気《け》なく言《い》うけど、小《ちい》さく「一年間《いちねんかん》よろしくな」とつぶやいたのを、私《わたし》は聞《き》き逃《のが》さなかった。

今日《きょう》のできごとがないまま倉掛《くらがけ》くんと席《せき》が隣《となり》だったら、噂《うわさ》を鵜呑《うの》みにして話《はな》しかけなかったかもしれない。

でも、本当《ほんとう》は優《やさ》しいとわかった今《いま》──彼《かれ》のことをもっと知《し》りたいと思《おも》う。


始業式《しぎょうしき》が終《お》わり、次《つぎ》はホームルーム。

二年生《にねんせい》になって初日《しょにち》なので、自己紹介《じこしょうかい》をすることになった。

「倉掛利鶴《くらがけりつ》。よろしく」

彼《かれ》が立《た》ち上《あ》がった瞬間《しゅんかん》、教室内《きょうしつない》がシーンと静《しず》まり返《かえ》った。

女子《じょし》は「やっぱりかっこいいね」と、はしゃいでいるけど、それ以外《いがい》のクラスメイトたちは倉掛《くらがけ》くんのことを一切見《いっさいみ》ようとしない。

極悪非道《ごくあくひどう》という噂《うわさ》を信《しん》じている人《ひと》たちは、そうなるのも無理《むり》ない。

帰《かえ》りのあいさつが終《お》わり、私《わたし》は倉掛《くらがけ》くんに「また明日《あした》ね」と言《い》って後《うし》ろを通《とお》りすぎようとすると――「危《あぶ》ねえよ」と、腕《うで》をつかまれた。

思《おも》わず足元《あしもと》に視線《しせん》を移《うつ》すと、余《あま》った数枚《すうまい》のプリントが落《お》ちていた。踏《ふ》んだら危《あや》うく滑《すべ》って転《ころ》んでいるところだった。

「ありがとう……また助《たす》けられちゃったね」

「気《き》をつけろよ」

「なんか、倉掛《くらがけ》くんってダークヒーローみたい」

「なんだそれ」

みんなに怖《こわ》がられてて悪役《あくやく》を演《えん》じてるけど、じつは陰《かげ》でいろいろな人《ひと》を助《たす》けている感《かん》じがダークヒーローそのもの。

「利鶴《りつ》で、いい」

「え？」

「名前《なまえ》、利鶴《りつ》でいいから」

倉掛《くらがけ》くんは私《わたし》の目《め》をまっすぐ見《み》てそう言《い》ってきた。

いきなり呼《よ》び捨《す》てはハードルが高《たか》いなあ……。

「利鶴《りつ》くん、でもいい？」

「わかった」

利鶴《りつ》くんは立《た》ち上《あ》がり、教室《きょうしつ》から出《で》ていこうとする。

「利鶴《りつ》くん、また明日《あした》ね」

私《わたし》が声《こえ》をかけると、利鶴《りつ》くんは振《ふ》り返《かえ》り……。

「じゃあな、想來《そら》」

利鶴《りつ》くんは朝《あさ》のように両手《りょうて》をズボンのポケットに入《い》れて教室《きょうしつ》を出《で》ていった。

よ、呼《よ》び捨《す》て……!?

ただ名前《なまえ》を呼《よ》び捨《す》てされただけなのに、ソワソワして落《お》ちつかない。

鼓動《こどう》が速《はや》くなってる……。こんな気持《きも》ち初《はじ》めてで、戸惑《とまど》いを隠《かく》せない。

でも、下《した》の名前《なまえ》で呼《よ》んでくれるってことは、少《すこ》しは心《こころ》を開《ひら》いてくれたって思《おも》ってもいいのかな……。

この時《とき》の私《わたし》は、純粋《じゅんすい》に利鶴《りつ》くんと仲《なか》よくなれそうでうれしいという思《おも》いが強《つよ》かった——。

彼《かれ》が噂《うわさ》のような極悪非道《ごくあくひどう》な人《ひと》ではないということはわかったけど、まだ知《し》らないところもたくさんある。


——それから一週間《いっしゅうかん》がたった。

今日《きょう》は利鶴《りつ》くんと日直《にっちょく》の日《ひ》。

放課後《ほうかご》になり日誌《にっし》を書《か》こうとした時《とき》だった。

「俺《おれ》も書《か》いていい？」

そう言《い》って私《わたし》の前《まえ》の席《せき》に座《すわ》ったのは、利鶴《りつ》くんだった。

てっきり帰《かえ》ったのかと思《おも》ったけど、思《おも》い出《だ》して戻《もど》ってきてくれたのかな。

利鶴《りつ》くんは私《わたし》からシャーペンを奪《うば》うと、【今日《きょう》の反省《はんせい》】という欄《らん》に何《なに》かを書《か》きはじめた。

「……消《け》しゴムのお返《かえ》しをします？」

書《か》かれた内容《ないよう》に、私《わたし》は首《くび》をかしげながら尋《たず》ねる。

「俺《おれ》が消《け》しゴムないって言《い》ったら、想來《そら》が自分《じぶん》の消《け》しゴムを半分《はんぶん》にして渡《わた》してくれただろ」

「あー、あれかあ！　普通《ふつう》の消《け》しゴムだから気《き》にしなくていいよ」

「借《か》りはちゃんと返《かえ》す」

勝手《かって》なイメージで何事《なにごと》にもだらしない人《ひと》なのかなと思《おも》っていたら、まったくそんなことはない。むしろ、頼《たの》まれたことは最後《さいご》までやり通《とお》すし、根《ね》は真面目《まじめ》なのかもしれないと思《おも》えてきた。

その後《ご》、利鶴《りつ》くんは日誌《にっし》に何《なに》を書《か》けばいいのかわからない、と言《い》うから私《わたし》がほとんど書《か》いたけど、書《か》き終《お》わるまで待《ま》っていてくれた。

職員室《しょくいんしつ》に届《とど》ける時《とき》も一緒《いっしょ》についてきてくれて……。

そして、なぜか一緒《いっしょ》に帰《かえ》る流《なが》れになってしまった。

たしかに帰《かえ》る方向《ほうこう》が同《おな》じだから、自然《しぜん》な流《なが》れではあるんだけど……男《おとこ》の子《こ》と一緒《いっしょ》に帰《かえ》ったことがないから、緊張《きんちょう》してしまう。

「あれからあいつらに絡《から》まれたりしてない？」

「あいつら？」

「始業式《しぎょうしき》の日《ひ》に絡《から》んできた金髪《きんぱつ》」

「あの人《ひと》か！　あれから見《み》かけたこともないよ」

利鶴《りつ》くんは私《わたし》に顔《かお》を見《み》せずに、「ならよかった」と安心《あんしん》したように言《い》った。

もしかして関《かか》わったらダメな人《ひと》だった……？

私《わたし》のせいで大乱闘《だいらんとう》が起《お》きてしまったらどうしよう……。

急《きゅう》に利鶴《りつ》くんに申《もう》し訳《わけ》なくなって、私《わたし》は詳《くわ》しく聞《き》けなかった。

次《つぎ》の日《ひ》の昼休《ひるやす》み——前《まえ》の授業《じゅぎょう》が体育《たいいく》で、片《かた》づけを任《まか》された利鶴《りつ》くんはまだ更衣室《こういしつ》から戻《もど》ってきていない。

すると、利鶴《りつ》くんといつも一緒《いっしょ》にいる友達数人《ともだちすうにん》が教室《きょうしつ》に入《はい》ってきた。

「あれ？　利鶴《りつ》知《し》らない？」

空席《くうせき》に気《き》づいたひとりが私《わたし》に話《はな》しかけてきた。

みんな髪《かみ》の毛《け》がカラフルで、制服《せいふく》も着崩《きくず》している。派手《はで》な見《み》た目《め》からして、「BADCRANE《バッドクレーン》」のメンバーだということはわかった。

「さっき体育《たいいく》の授業《じゅぎょう》だったから、もうすぐ戻《もど》ってくると思《おも》うよ」

「おっけー。ん？　待《ま》って、もしかしてキミが想來《そら》ちゃん？」

「……そうだけど、どうして？」

利鶴《りつ》くんの友達《ともだち》みんなで顔《かお》を見合《みあ》わせて口角《こうかく》を上《あ》げる。

「始業式《しぎょうしき》の日《ひ》のこと利鶴《りつ》から聞《き》いてて、どんな子《こ》なのか見《み》たいなって話《はな》してたんだよな」

「そうだったんだ」

「東中《ひがしちゅう》のやつから後輩《こうはい》を守《まも》ったんでしょ？　あんな女初《おんなはじ》めて見《み》たって言《い》ってたよ」

利鶴《りつ》くんは、私《わたし》のことを変《へん》な女《おんな》って思《おも》ってるんだろうなあ。

「でも、俺《おれ》らはとにかく利鶴《りつ》が女《おんな》の子《こ》の話《はなし》するのが初《はじ》めてだから驚《おどろ》いたよ」

「え……？」

「しかも、昨日急《きのうきゅう》に利鶴《りつ》から一緒《いっしょ》に帰《かえ》れないって言《い》われたから理由《りゆう》を聞《き》いたら、『想來《そら》が不良《ふりょう》に絡《から》まれるかもしれないから』って」

帰《かえ》る方向《ほうこう》が同《おな》じだから一緒《いっしょ》に帰《かえ》ってると思《おも》ってたけど、そうじゃなかったんだ……。

私《わたし》が東中《ひがしちゅう》の不良《ふりょう》に立《た》ち向《む》かったから、腹《はら》いせに私《わたし》を傷《きず》つけに来《く》るかもしれない。

だから、私《わたし》を守《まも》るために昨日一緒《きのういっしょ》に帰《かえ》ってくれたの？

心配《しんぱい》してくれてるってこと……？

口数《くちかず》が少《すく》ないから何《なに》を考《かんが》えているのかわかりにくいけど、利鶴《りつ》くんは優《やさ》しくてまっすぐな性格《せいかく》をしてる。

知《し》らない間《あいだ》に、また守《まも》られてたんだ――。

次《つぎ》の日《ひ》、利鶴《りつ》くんは私《わたし》に新《あたら》しい消《け》しゴムを買《か》ってきてくれた。

噂《うわさ》で聞《き》く人《ひと》とは別人《べつじん》。

もっと利鶴《りつ》くんのことが知《し》りたい――。

ドキドキの親睦《しんぼく》旅行《りょこう》

二年生《にねんせい》になってからあっという間《ま》に、三週間《さんしゅうかん》がたった。

恒例行事《こうれいぎょうじ》として、二年生《にねんせい》になると日帰《ひがえ》りの親睦旅行《しんぼくりょこう》で遊園地《ゆうえんち》に行《い》くことになっている。

話《はな》したことがない人《ひと》とも話《はな》すというのが目的《もくてき》なので、席順《せきじゅん》で六人一組《ろくにんひとくみ》の班《はん》に分《わ》かれることになり、私《わたし》は利鶴《りつ》くんと一緒《いっしょ》になった。

「倉掛《くらがけ》くん怖《こわ》いよね……」

「この前《まえ》も駅前《えきまえ》で他校《たこう》の不良《ふりょう》と揉《も》めてたらしいよ」

旅行《りょこう》の話《はな》し合《あ》いの時間《じかん》が設《もう》けられたけど、利鶴《りつ》くんは学校《がっこう》にまだ来《き》ていない。案《あん》の定《じょう》、私《わたし》以外《いがい》の四人《よにん》は利鶴《りつ》くんについて話《はな》しはじめた。

「でも、実際《じっさい》に見《み》たわけじゃないでしょ？　結局《けっきょく》ただの噂《うわさ》なんじゃないかな……」

「そういえば、想來《そら》ちゃんって倉掛《くらがけ》くんと普通《ふつう》に話《はな》してるよね。仲《なか》いいの？」

「仲《なか》いいっていうか、一回助《いっかいたす》けてもらったことがあるんだ」

「えー、あの倉掛《くらがけ》くんが？　人違《ひとちが》いじゃなくて？」

そのあとも二年生初日《にねんせいしょにち》のできごとを四人《よにん》に話《はな》したけど、全然信《ぜんぜんしん》じてもらえなかった。

利鶴《りつ》くんもクラスメイトからよく思《おも》われていないことを知《し》っていて、親睦旅行当日《しんぼくりょこうとうじつ》は班《はん》から少《すこ》し離《はな》れて歩《ある》いていた。

本当《ほんとう》は行《い》かない予定《よてい》だったけど、全員参加《ぜんいんさんか》の行事《ぎょうじ》なので仕方《しかた》なく来《き》たらしい。

せっかく来《き》たのなら楽《たの》しんでほしいと思《おも》い、利鶴《りつ》くんを輪《わ》に入《い》れようとしたり、利鶴《りつ》くんの隣《となり》を歩《ある》いたりしたけど……。

班《はん》のみんなは利鶴《りつ》くんをあからさまに避《さ》けて、私《わたし》が利鶴《りつ》くんの隣《となり》に行《い》こうとすると腕《うで》を引《ひ》っ張《ぱ》られてしまい、作戦《さくせん》は失敗《しっぱい》に終《お》わった。

利鶴《りつ》くんは蚊帳《かや》の外《そと》のまま、人気《にんき》のジェットコースターに向《む》かう途中《とちゅう》――。

同《おな》じクラスの他《ほか》の班《はん》が不良《ふりょう》グループに絡《から》まれているのを目撃《もくげき》した。

相手《あいて》の不良《ふりょう》たちは見《み》た目《め》からして高校生《こうこうせい》だと思《おも》う。

「え……やばくない……？」

「先生呼《せんせいよ》んでくる……？」

班《はん》のみんなも私《わたし》もどうすればいいかわからず、あたふたするしかない。

「想來《そら》、先《さき》に行《い》ってて」

「え？　まさか、利鶴《りつ》くん助《たす》けに行《い》くの？」

「ああ、大丈夫《だいじょうぶ》だから」

利鶴《りつ》くんは私《わたし》の頭《あたま》を優《やさ》しく叩《たた》き、不良《ふりょう》たちがいるほうへ行《い》ってしまった。

きっと心配《しんぱい》させないために先《さき》に行《い》っててと言《い》ったのだと思《おも》う。

けど、もし利鶴《りつ》くんが危《あぶ》ない目《め》に遭《あ》ったらと思《おも》うとその場《ば》から離《はな》れられなかった。

「倉掛《くらがけ》くん、助《たす》けに行《い》ってくれたの!?」

「違《ちが》うだろ。ケンカしに行《い》ったんじゃないの？」

半信半疑《はんしんはんぎ》だけど、同《おな》じ班《はん》のみんなもその場《ば》から動《うご》こうとしない。

利鶴《りつ》くんが近《ちか》づくと、不良《ふりょう》のひとりが鋭《するど》い視線《しせん》を彼《かれ》に向《む》ける。遠《とお》くて話《はな》し声《ごえ》は聞《き》こえないけど、何《なに》かを話《はなし》してる様子《ようす》。

そして次《つぎ》の瞬間《しゅんかん》――不良《ふりょう》が利鶴《りつ》くんの胸《むな》ぐらをつかんだ。

利鶴《りつ》くんは動《どう》じることなく、後《うし》ろで怯《おび》えているクラスメイトたちに声《こえ》をかけ、クラスメイトたちは私《わたし》たちのほうに走《はし》ってきた。

「大丈夫《だいじょうぶ》だった!?」

「倉掛《くらがけ》くんが『俺《おれ》が話《はな》すから行《い》っていいよ』って言《い》ってくれたの」

「そうなの⁉」

クラスメイトたちの中《なか》の利鶴《りつ》くんのイメージが変《か》わっていくのが伝《つた》わってきた。

なんで絡《から》まれてしまったのか理由《りゆう》を聞《き》いたら、班《はん》のひとりが高校生《こうこうせい》の肩《かた》にぶつかってしまい、謝《あやま》ったけど許《ゆる》してもらえなかったらしい。

みんなも利鶴《りつ》くんのことが心配《しんぱい》だからと、私《わたし》と一緒《いっしょ》に陰《かげ》から様子《ようす》を見《み》ることにした。

だけど、次《つぎ》に視線《しせん》を移《うつ》したら……利鶴《りつ》くんが不良《ふりょう》の胸《むな》ぐらをつかんでいるのでびっくりした。

ケンカだけはやめて……！

その思《おも》いが通《つう》じたのか、不良《ふりょう》が何《なに》か言葉《ことば》を発《はっ》したあとお互《たが》いに胸《むな》ぐらを離《はな》し、不良《ふりょう》たちは去《さ》っていった。

戻《もど》ってきた利鶴《りつ》くんの元《もと》に助《たす》けてもらったクラスメイトたちは駆《か》け寄《よ》り、一斉《いっせい》に「助《たす》けてくれてありがとう！」と頭《あたま》を下《さ》げた。どうして解決《かいけつ》できたのか聞《き》いたら……。

利鶴《りつ》くんが『問題《もんだい》を起《お》こしたらヤバいの、そっちなんじゃないですか？』と言《い》ったら、高校生《こうこうせい》たちは去《さ》っていったらしい。

そのあと、同《おな》じ班《はん》のみんなも今《いま》まで誤解《ごかい》していたことを謝《あやま》り、利鶴《りつ》くんと仲《なか》よく話《はな》していた。利鶴《りっ》くんがすっかりクラスのみんなと打《う》ち解《と》け、私《わたし》までうれしくなった。

同《おな》じ班《はん》のみんなで楽《たの》しく過《す》ごし、最後《さいご》に観覧車《かんらんしゃ》に乗《の》ろうという流《なが》れになった。

私《わたし》はひとり冷《ひ》や汗《あせ》をかき、とにかく頑張《がんば》って作《つく》り笑顔《えがお》をする。

じつは、小《ちい》さいころから高所恐怖症《こうしょきょうふしょう》で、観覧車《かんらんしゃ》が大《だい》の苦手《にがて》。

ジェットコースターのように景色《けしき》をじっくりと見《み》る余裕《よゆう》すらなかったら大丈夫《だいじょうぶ》なんだけど、観覧車《かんらんしゃ》のようにゆっくりと景色《けしき》が見《み》られるものは頭《あたま》がクラクラしてしまう。

【十五分待《じゅうごふんま》ち】の看板《かんばん》があり、最後尾《さいこうび》に私《わたし》たちは並《なら》んだ。

どうしよう……まだ乗《の》ったわけじゃないのに、気持《きも》ちが悪《わる》くなってきた。

でも、せっかく利鶴《りっ》くんも楽《たの》しく過《す》ごしてるところに水《みず》を差《さ》したくない。

――それは本心《ほんしん》だけど、どうしても恐怖心《きょうふしん》は大《おお》きくなっていく。

そんな時《とき》、隣《となり》にいた利鶴《りっ》くんに突然手首《とつぜんてくび》をつかまれた。

「俺《おれ》たち抜《ぬ》ける」

「えっ？」

利鶴《りっ》くんは私《わたし》の手首《てくび》を引《ひ》っ張《ぱ》って、観覧車《かんらんしゃ》の列《れつ》から外《はず》れた。

同《おな》じ班《はん》のみんなの「どういうこと!?」「なになに!?」というパニックになる声《こえ》を背中《せなか》で聞《き》

きながら、私《わたし》たちは小走《こばし》りで観覧車《かんらんしゃ》から離《はな》れる。

私《わたし》たちは近《ちか》くのベンチに座《すわ》ることにした。

利鶴《りつ》くんは手《て》を離《はな》したはずなのに、まだつかまれている感覚《かんかく》がする……。

そのあと、利鶴《りつ》くんは「飲《の》めよ」と、ペットボトルの水《みず》を買《か》ってきてくれた。

「あ、ありがとう……」

冷《つめ》たい水《みず》がのどを勢《いきお》いよく通《とお》り、少《すこ》しずつ気分《きぶん》がよくなっていく。

「顔色《かおいろ》も少《すこ》しよくなってきたな」

利鶴《りつ》くんが急《きゅう》に顔《かお》をのぞき込《こ》んできたので、心臓《しんぞう》が止《と》まるかと思《おも》った。

「私《わたし》の体調《たいちょう》を心配《しんぱい》して、連《つ》れ出《だ》してくれたの……？」

まさかね……と思《おも》い、聞《き》いてみる。

「ああ。顔色《かおいろ》が悪《わる》くなってるから、もしかして乗《の》れないのかもと思《おも》って」

知《し》らないうちに利鶴《りつ》くんが私《わたし》のことを見《み》ていたんだと思《おも》うと恥《は》ずかしくなる。

だけど、利鶴《りつ》くんが気《き》づいてくれなかったら、私《わたし》はあの場《ば》で倒《たお》れていたかもしれない。

利鶴《りつ》くんは口数《くちかず》こそ少《すく》ないものの、まわりをよく見《み》ているんだよなあ。

「じつは高所恐怖症《こうしょきょうふしょう》で観覧車《かんらんしゃ》が苦手《にがて》なんだ。利鶴《りつ》くんのおかげで乗《の》らずに済《す》んだ、ありがとう」

「ならよかった。俺《おれ》にとって今日《きょう》は特別《とくべつ》な日《ひ》だったから」

「特別《とくべつ》……？」

利鶴《りつ》くんは学校《がっこう》のイスに座《すわ》るようにズボンのポケットに手《て》を入《い》れて深《ふか》く腰《こし》かけ、私《わたし》が彼《かれ》のほうを向《む》くと目《め》が合《あ》った。

彼《かれ》の醸《かも》し出《だ》す雰囲気《ふんいき》から、これから口《くち》にする言葉《ことば》が私《わたし》の胸《むね》をざわつかせる予感《よかん》がする。

「今《いま》まではチーム以外《いがい》の人間《にんげん》に怖《こわ》がられてたから行事《ぎょうじ》に参加《さんか》したことなかった。どうせつまらないだろうって、勝手《かって》に決《き》めつけてた」

「うん」

「でも、想來《そら》のおかげで初《はじ》めて参加《さんか》しようって思《おも》えたし、今日《きょう》は本当《ほんとう》に楽《たの》しかった」

「私《わたし》は何《なに》もしてないよ。利鶴《りつ》くんの優《やさ》しさがみんなに伝《つた》わっただけ。だけど、楽《たの》しいと思《おも》ってくれてよかった」

利鶴《りつ》くんがうれしそうに話《はな》してくれるところを見《み》ると、私《わたし》までうれしくなってしまう。

ドキドキするのはなんでだろう……利鶴《りつ》くんといるとペースが乱《みだ》れる。

利鶴《りつ》くんの優《やさ》しさを知《し》っていくうちに、いつの間《ま》にか私《わたし》の中《なか》で利鶴《りつ》くんの存在《そんざい》が大《おお》きくなっていた。

それから一週間《いっしゅうかん》がたったある日《ひ》――。

最近《さいきん》は滅多《めった》に学校《がっこう》を遅刻《ちこく》しない利鶴《りつ》くんが、この日《ひ》は四時間目《よじかんめ》が終《お》わっても来《こ》なかった。

担任《たんにん》の先生《せんせい》に聞《き》くと、「遅《おく》れてくるって連絡《れんらく》があったわよ」と言《い》われたので待《ま》つことに。

何《なに》かあったのかな。

最近《さいきん》はケガをしてる様子《ようす》もなく、ケンカはしてなさそうだったんだけど……。

お昼休《ひるやす》みになり、友達《ともだち》とお弁当《べんとう》を食《た》べている時《とき》、ガラッと勢《いきお》いよく教室《きょうしつ》のドアが開《ひら》いた。入《はい》ってきたのは――傷《きず》だらけの利鶴《りつ》くん。

教室内《きょうしつない》みんなの視線《しせん》が一気《いっき》に集中《しゅうちゅう》し、先生《せんせい》も「どうしたの⁉」と驚《おどろ》く。

それも無理《むり》ない。まぶたや口《くち》の横《よこ》に絆創膏《ばんそうこう》が貼《は》られているが血《ち》がにじんでいる。ここまでひどい傷《きず》を見《み》るのは初《はじ》めてだ。

学級委員《がっきゅういいん》の私《わたし》は、一緒《いっしょ》に保健室《ほけんしつ》に行《い》くことにした。

途中《とちゅう》で何《なに》があったのかと聞《き》くと、利鶴《りつ》くんは渋々答《しぶしぶこた》えてくれた。

いつものように家《いえ》を出《で》てすぐに友達《ともだち》から西中《にしちゅう》の不良《ふりょう》グループに絡《から》まれていると連絡《れんらく》があり、助《たす》けに向《む》かったらしい。

だけど、利鶴《りつ》くんが到着《とうちゃく》したころにはその友達《ともだち》は傷《きず》だらけ。

仲間《なかま》が傷《きず》つけられて許《ゆる》せるはずもなく、攻撃《こうげき》してくる数人《すうにん》をひとりで相手《あいて》したらしい。

数人《すうにん》を相手《あいて》にしていつもよりもたくさんの傷《きず》を負《お》ったため、友達《ともだち》と一度《いちど》利鶴《りつ》くんの家《いえ》に帰宅《きたく》。手当《てあて》をしたあと、ふたりとも疲《つか》れて寝《ね》てしまい……気《き》づいたらお昼休《ひるやす》みになっていたという。

保健室《ほけんしつ》に入《はい》ると、保健室《ほけんしつ》の先生《せんせい》がちょうどお昼《ひる》ご飯《はん》を食《た》べ終《お》わったところだったので手《て》当《あて》をお願《ねが》いできた。

「じゃあ、私《わたし》は先《さき》に教室《きょうしつ》に戻《もど》ってるね」

そう言《い》って保健室《ほけんしつ》を出《で》て階段《かいだん》を上《のぼ》ろうとしたタイミングで——「豊崎《とよざき》、ちょっといいか」と後《うし》ろから誰《だれ》かに呼《よ》ばれた。

声《こえ》の主《ぬし》は生活指導《せいかつしどう》の男《おとこ》の先生《せんせい》。

「倉掛《くらがけ》は、またケンカしてきたらしいな」

「ケンカっていうか、友達《ともだち》を助《たす》けたって言《い》ってましたよ」

「そんなのただの言《い》い訳《わけ》だろ。げんにあいつは不良《ふりょう》グループの総長《そうちょう》で、授業《じゅぎょう》だってまともに受《う》けられないじゃないか」

「最近《さいきん》は遅刻《ちこく》もしないで来《き》てるし、授業《じゅぎょう》も真面目《まじめ》に受《う》けてます」

担任《たんにん》の先生《せんせい》は毎日少《まいにちすこ》しずつ利鶴《りつ》くんが変《か》わっているのを見《み》てるから、利鶴《りつ》くんに対《たい》する偏見《へんけん》がなくなってきたように思《おも》う。

だけど、他《ほか》の先生《せんせい》はまだ誤解《ごかい》してるんだな……。

「それに、利鶴《りつ》くんはむやみやたらに誰《だれ》でも攻撃《こうげき》する人《ひと》じゃありません。この前《まえ》だって他《ほか》の中学《ちゅうがく》の人《ひと》に絡《から》まれている一年生《いちねんせい》を助《たす》けてました」

利鶴《りつ》くんの本当《ほんとう》の性格《せいかく》を知《し》れば、偏見《へんけん》だってなくなるはず。

「助《たす》けるって言《い》ったって、それも暴力《ぼうりょく》で解決《かいけつ》するわけだろ？　理由《りゆう》がなんであれ、今日《きょう》みたいに傷《きず》を作《つく》って学校《がっこう》に来《く》ると印象《いんしょう》は悪《わる》くなる」

「で、でも……」

「ああいう不良《ふりょう》は早々変《そうそうか》わらないんだ。倉掛《くらがけ》のそばにいると豊崎《とよざき》まで印象《いんしょう》が悪《わる》くなるぞ」

生活指導《せいかつしどう》の先生《せんせい》は「教師《きょうし》からの信頼《しんらい》を失《うしな》うと、高校《こうこう》の推薦《すいせん》も危《あや》うくなる」と続《つづ》ける。

「人生《じんせい》を台無《だいな》しにしたくないなら、もうあいつとは関《かか》わるな」

そして、最後《さいご》にそう言《い》い捨《す》てて、先生《せんせい》は行《い》ってしまった。

言《い》いたいことはわかる。人助《ひとだす》けだとしても、不良《ふりょう》グループの総長《そうちょう》というだけで印象《いんしょう》が悪《わる》く見《み》えてしまう。

でも、私《わたし》はそれ以上《いじょう》に利鶴《りつ》くんがまわりを気《き》づかえる優《やさ》しさがあるということを知《し》っている。

利鶴《りつ》くんの表面《ひょうめん》だけしか見《み》ずに、悪《わる》い部分《ぶぶん》だけを信《しん》じて悪《わる》く話《はな》され胸《むね》が苦《くる》しい。

まるで自分《じぶん》のことを悪《わる》く言《い》われたみたい。

利鶴《りつ》くんはそんな人《ひと》じゃないのに。どうして離《はな》れなきゃいけないの……？

そばにいたい。

誰《だれ》かのことを考《かんが》えて、こんな気持《きも》ちになるのは初《はじ》めてだ。

もしかして、私《わたし》――利鶴《りつ》くんが好《す》き？

そう自覚《じかく》した途端《とたん》、一気《いっき》に体中《からだじゅう》が熱《あつ》くなった。

最近《さいきん》の私《わたし》は、利鶴《りつ》くんのことばかり考《かんが》えている。

学校《がっこう》に来《く》ると利鶴《りつ》くんを探《さが》して、つい目《め》で追《お》ってしまう。

それも全部《ぜんぶ》……好《す》きだからだったんだ。

いつの間《ま》にか利鶴《りつ》くんといる時間《じかん》が、かけがえのない大切《たいせつ》な時間《じかん》になっていた。

自分《じぶん》の気持《きも》ちに気《き》づいた今《いま》……頭《かしら》の中《なか》がさらに利鶴《りつ》くんでいっぱいになった。

教室《きょうしつ》に戻《もど》り、利鶴《りつ》くんの帰《かえ》りを待《ま》っていたけど……結局《けっきょく》利鶴《りつ》くんは体調《たいちょう》がよくないからと帰《かえ》ってしまった。

ケガした部分《ぶぶん》がひどくならないといいな……。

やっぱり私《わたし》だけのダークヒーロー

次《つぎ》の日《ひ》、利《り》鶴《つ》くんは朝《あさ》から学校《がっこう》に来《き》た。

好《す》きになってからは、ただ歩《ある》いているだけなのに、利《り》鶴《つ》くんのまわりだけが輝《かがや》いて見《み》えてしまう。恋《こい》の力《ちから》ってすごいな……。

「利《り》鶴《つ》くん、おはよう」

いつもなら「おはよ」と返《かえ》してくれるのに、今日《きょう》はこっちを見《み》ることもなく机《つくえ》に突《つ》っ伏《ぷ》した。

どうしたんだろう、具合《ぐあい》が悪《わる》いのかな……。

私《わたし》の「大丈夫《だいじょうぶ》？　保健室《ほけんしつ》に行《い》く？」の問《と》いかけにも、利《り》鶴《つ》くんから返事《へんじ》が戻《もど》ってくることはなかった。

寝《ね》ちゃって聞《き》こえなかったのかもしれない。今日《きょう》はそっとしておいてあげたほうがいいのかも。

その日《ひ》は私《わたし》から利《り》鶴《つ》くんに話《はな》しかけることはなく、すると利《り》鶴《つ》くんからも話《はな》しかけてこなかったので一度《いちど》も話《はな》さずに終《お》わってしまった。

さらに次《つぎ》の日《ひ》──利鶴《りつ》くんは、あからさまに私《わたし》を避《さ》けた。

何《なに》か気《き》に障《さわ》るようなことを言《い》ってしまったのかもしれない。

もしそうなら謝《あやま》りたいし、避《さ》ける理由《りゆう》を知《し》りたい……。

「利鶴《りつ》くん、待《ま》って……っ」

帰《かえ》りのあいさつが終《お》わり、私《わたし》はひとりで廊下《ろうか》を歩《ある》いている利鶴《りつ》くんを追《お》いかけ、腕《うで》をつかんで引《ひ》きとめた。

「離《はな》せよ」

「じゃあ、なんで無視《むし》するの……？」

「……………」

まわりには誰《だれ》もいなくて、静《しず》かな廊下《ろうか》に遠《とお》くから生徒《せいと》たちの話《はな》し声《ごえ》が聞《き》こえてくる。

「理由《りゆう》だけでも教《おし》えて……」

話《はな》したくないくらい私《わたし》のことが嫌《きら》いになったなら、このつかんだままの手《て》を無理《むり》やりにでも振《ふ》り払《はら》うはず。

だけどそうしないのは、嫌《きら》いになったわけじゃないって思いたい。

「私《わたし》、何《なに》か利鶴《りつ》くんを嫌《いや》な気持《きも》ちにさせた……？」

「……そういうわけじゃない」

「じゃあ、なんで……」

「想來《そら》が俺《おれ》といることで、まわりから悪《わる》く思《おも》われるのが嫌《いや》なんだ」

利鶴《りつ》くんは私《わたし》の顔《かお》を見《み》ずに口《くち》を開《ひら》く。いつもは話《はな》す時《とき》に必《かなら》ず私《わたし》の目《め》を見《み》てくれたのに。

「もしかして、一昨日《おととい》、私《わたし》が生活指導《せいかつしどう》の先生《せんせい》と話《はな》してるの聞《き》いてた？」

「…………」

何《なに》も言《い》わないけど、きっと聞《き》いたに違《ちが》いない。

利鶴《りつ》くんと仲《なか》よくなってから、一度《いちど》も私《わたし》のことを悪《わる》く言《い》われたことはないし、そういう噂《うわさ》が流《なが》れているのも知《し》らない。

「あれは先生《せんせい》が勝手《かって》に言《い》ったことで、私《わたし》は利鶴《りつ》くんといることで印象《いんしょう》が悪《わる》くなるなんて思《おも》ってないよ」

「想來《そら》がそうだとしても、まわりは想來《そら》が俺《おれ》と仲《なか》よくしてることをよくは思《おも》ってない」

「そんなことな……」

「これ以上俺《いじょうおれ》のそばにいると、想來《そら》の人生《じんせい》が台無《だいな》しになる」

どんなに私《わたし》の気持《きも》ちを話《はな》しても、利鶴《りつ》くんはまったく聞《き》く耳《みみ》を持《も》ってくれない。

「もう話《はな》すのはやめよう」

利鶴《りつ》くんはそう言《い》って――そっと自分《じぶん》の腕《うで》をつかむ私《わたし》の手《て》を引《ひ》きはがして階段《かいだん》をおりていった。

こんな時《とき》まで優《やさ》しい利鶴《りつ》くんに、涙《なみだ》がこぼれ落《お》ちた。

きっと今《いま》の利鶴《りつ》くんに、何《なに》を言《い》っても聞《き》き入《い》れてくれないことはわかった。

……告白《こくはく》してないけど、振《ふ》られた気分《きぶん》。大《おお》きな存在《そんざい》を失《うしな》ったみたい。

明日《あした》から、何《なに》を楽《たの》しみに学校《がっこう》に来《く》ればいいんだろう。

勉強《べんきょう》をしに来《き》ているのはわかっているけど、利鶴《りつ》くんと出会《であ》ってからは……利鶴《りつ》くんに会《あ》えるのが楽《たの》しみで学校《がっこう》に来《き》ていた。

隣《となり》の席《せき》で他愛《たあい》のない話《はなし》をするのが、幸《しあわ》せだった。

滅多《めった》に笑《わら》わない利鶴《りつ》くんの、たまに見《み》せる柔《やわ》らかい笑顔《えがお》が――好《す》きだった。

新学期《しんがっき》から二《に》か月《げつ》がたったころ。

席替《せきが》えをすることになり私《わたし》と利鶴《りつ》くんは完全《かんぜん》に離《はな》れた。

私《わたし》は窓側《まどがわ》の一番端《いちばんはし》の席《せき》で、利鶴《りつ》くんは廊下側《ろうかがわ》の一番端《いちばんはし》の席《せき》。

授業《じゅぎょう》を理由《りゆう》に話《はな》すきっかけもなくなってしまった。

私《わたし》のことを考《かんが》えて避《さ》けているのがわかっているだけに……私《わたし》からは近《ちか》づけない。

だからといって、利鶴《りつ》くんを好《す》きな気持《きも》ちがなくなるわけでもなく——自然《しぜん》と目《め》で追《お》ってしまう。

早《はや》く好《す》きな気持《きも》ちを消《け》したいのに、学校《がっこう》に来《く》れば同《おな》じ教室《きょうしつ》には利鶴《りつ》くんがいるから、彼《かれ》のことばかり考《かんが》えてしまう。

テスト期間《きかん》に入《はい》り、勉強《べんきょう》に集中《しゅうちゅう》すれば利鶴《りつ》くんのことを考《かんが》えなくて済《す》むと思《おも》っていた。

だけど、隣《となり》の席《せき》で楽《たの》しく話《はな》していた時間《じかん》を思《おも》い出《だ》してしまって、まったく勉強《べんきょう》がはかどらない。

私《わたし》が思《おも》うよりも、私《わたし》の中《なか》で利鶴《りつ》くんという存在《そんざい》は大《おお》きくなっていたんだ……。

それからテストが終《お》わり、結果《けっか》も悪《わる》くて気持《きも》ちが下《さ》がりながら学校《がっこう》から帰《かえ》っていると、東中《ひがしちゅう》の制服《せいふく》を着《き》ている男子五人組《だんしごにんぐみ》が前《まえ》から歩《ある》いてきた。

少《すこ》し警戒《けいかい》しながら歩《あゆ》みを進《すす》めると——その中《なか》に、前《まえ》に絡《から》んできた金髪《きんぱつ》の人《ひと》がいることに気《き》づいた。

嫌《いや》な予感《よかん》がする。

私《わたし》はそう思《おも》って、怪《あや》しまれないように来《き》た道《みち》を引《ひ》き返《かえ》そうとするけど……。

「おい、逃《に》げんなよ」

すぐに金髪《きんぱつ》の人《ひと》に腕《うで》をつかまれてしまった。

「なんですか……？」

「倉掛利鶴《くらがけりつ》と仲《なか》いいんだろ？」

「……べつに仲《なか》よくないです」

「嘘《うそ》つくな。一緒《いっしょ》に帰《かえ》ってるところだって見《み》てんだよ」

今《いま》は一緒《いっしょ》に帰《かえ》ることもなくなっちゃった。

「へえ、こいつがあいつのお気《き》に入《い》りなの？」

金髪《きんぱつ》の人《ひと》の後《うし》ろから現《あらわ》れたのは、茶髪《ちゃぱつ》で両耳《りょうみみ》にピアスをふたつずつつけている背《せ》が高《たか》い人《ひと》。

説明《せつめい》されなくてもこの人《ひと》の雰囲気《ふんいき》でわかる——きっと東中《ひがしちゅう》の総長《そうちょう》だ。

私《わたし》の頭《あたま》からつま先《さき》までを、ゆっくりと品定《しなさだ》めするように見《み》てくる。

「こいつが前《まえ》にお世話《せわ》になったみたいで。さすがに調子《ちょうし》に乗《の》られると困《こま》るから懲《こ》らしめようかなと思《おも》ってさ」

「べつに調子《ちょうし》に乗《の》ってないと思《おも》います」

「あ？」

「利鶴《りつ》くんは仲間《なかま》や同《おな》じ学校《がっこう》の生徒《せいと》を傷《きず》つけられたから助《たす》けてるだけで、自分《じぶん》からケンカをしに行《い》ってないです」

言《い》い終《お》わってから、利鶴《りつ》くんに相手《あいて》を挑発《ちょうはつ》するなと言《い》われたことを思《おも》い出《だ》した。

でも、しょうがない。東中《ひがしちゅう》の総長《そうちょう》が言《い》ってるのは間違《まちが》ってるんだから——。

「まあ、いいや。とりあえずこっちに来《こ》い」

「ちょ……っ」

私《わたし》は両側《りょうがわ》から腕《うで》をつかまれ、無理《むり》やり歩《ある》かされた。

人通《ひとどお》りの少《すく》ない道《みち》を数分歩《すうふんある》かされ、ついたのは古《ふる》びた倉庫《そうこ》。

同《おな》じグループの人《ひと》なのか、他《ほか》に十人以上《じゅうにんいじょう》そこにはいた。

私《わたし》は両腕《りょううで》と両足《りょうあし》をそれぞれロープで縛《しば》られ、身動《みうご》きが取《と》れないように地面《じめん》に座《すわ》らされた。

「お前《まえ》が捕《つか》まったって知《し》ったらすぐに飛《と》んでくるだろうな」

「私《わたし》をおとりにしたの？」

「ああ。しかもお前《まえ》が人質《ひとじち》だったら、あいつは手《て》を出《だ》せないだろ？」

「残念《ざんねん》だけど、利鶴《りつ》くんは来《こ》ないよ」

「は？　どういうことだよ」

「もう私《わたし》と関《かか》わらないって言《い》ってたから」

この数日《すうじつ》、私《わたし》と利鶴《りつ》くんが話《はな》していない情報《じょうほう》はさすがに知《し》らなかったのか、東中《ひがしちゅう》の総長《そうちょう》は「聞《き》いてねえよっ！」と、近《ちか》くにあったドラム缶《かん》を思《おも》いきり蹴《け》った。

あからさまにイライラする姿《すがた》を見《み》て、血《ち》の気《け》が引《ひ》く。

「どっちにしろいつかはあいつを倒《たお》すし、こうなったら今日《きょう》はお前《まえ》でいいや」

東中《ひがしちゅう》の総長《そうちょう》はそう言《い》って、私《わたし》の目《め》の前《まえ》にしゃがみ、私《わたし》の顎《あご》を持《も》ち上《あ》げる。

「へえ、ちゃんと見《み》たら、あいつが気《き》に入《い》っただけあってかわいいじゃん」

「やめて……っ」

私《わたし》は両腕《りょううで》を他《ほか》の人《ひと》に押《お》さえられ、東中《ひがしちゅう》の総長《そうちょう》は顔《かお》を近《ちか》づけてきた。

私《わたし》は必死《ひっし》に暴《あば》れるけど、男《おとこ》たちの力《ちから》に敵《かな》うはずもなくビクともしない。

関《かか》わらないと宣言《せんげん》してきた利鶴《りつ》くんは、絶対《ぜったい》に助《たす》けに来《こ》ない。

そもそも、私《わたし》に特別《とくべつ》な感情《かんじょう》なんてないはず。

私《わたし》の一方的《いっぽうてき》な片想《かたおも》いだったんだから――。

あと数《すう》センチで唇《くちびる》が触《ふ》れるというところで、倉庫《そうこ》の扉《とびら》が激《はげ》しい音《おと》とともに勢《いきお》いよく開《ひら》いた。

倉庫内《そうこない》にいる全員《ぜんいん》が扉《とびら》に視線《しせん》を向《む》ける。

「利鶴《りつ》くん……!?」

そこにいたのは――息《いき》を荒《あら》げた利鶴《りつ》くんだった。

そして、あとから「BADCRANE《バッドクレーン》」のみんなが続々《ぞくぞく》と倉庫《そうこ》に入《はい》ってくる。

「おいおい、天下《てんか》の倉掛利鶴《くらがけりつ》が走《はし》ってきたのかよ」

「今《いま》すぐ、そいつから離《はな》れろ」

「あ？　それが人《ひと》にものを頼《たの》む態度《たいど》か？」

利鶴《りつ》くんは私《わたし》たちのほうに向《む》かって歩《ある》いてくる。肩《かた》を上下《じょうげ》に揺《ゆ》らすのを見《み》る限《かぎ》り、急《いそ》いでここに来《き》てくれたんだと察《さっ》した。

「なんで助《たす》けに来《き》てくれたの……？」

利鶴《りつ》くんの考《かんが》えてることがわからなくて、気《き》がついたら勝手《かって》に口《くち》を開《ひら》いていた。

「心配《しんぱい》だからに決《き》まってるだろ」

嘘《うそ》をついてるようには見《み》えないけど、素直《すなお》に受《う》け入《い》れられない。

……本当《ほんとう》は助《たす》けに来《き》てくれてうれしいのに。

「ごちゃごちゃうるせえな」

東中《ひがしちゅう》の総長《そうちょう》は立《た》ち上《あ》がり、利鶴《りつ》くんにゆっくりと近《ちか》づく。

「俺《おれ》にボコボコにされる惨《みじ》めなところを最前席《さいぜんせき》で見《み》てもらえよ」

そう言《い》って彼《かれ》は利鶴《りつ》くんに殴《なぐ》りかかった――。

だけど、利鶴《りつ》くんは自分《じぶん》の腕《うで》でそれを止《と》めて、反対《はんたい》の手《て》で相手《あいて》の顔《かお》に一発《いっぱつ》入《い》れた。

それを合図《あいず》に他《ほか》の人《ひと》たちも一斉《いっせい》に動《うご》き出《だ》したが……東中《ひがしちゅう》の総長《そうちょう》が利鶴《りつ》くんのたった一発《いっぱつ》で倒《たお》れてしまったので、あたりがざわつき大乱闘《だいらんとう》になることはなかった。

「大丈夫《だいじょうぶ》か？」

「うん、大丈夫《だいじょうぶ》」

利鶴《りつ》くんはロープをそっと外《はず》し、私《わたし》の体《からだ》を支《ささ》えて起《お》き上《あ》がらせてくれた。

「次《つぎ》、想來《そら》に何《なに》かしたらどうなるかわからねぇよ」

意識《いしき》を取《と》り戻《もど》した東中《ひがしちゅう》の総長《そうちょう》に利鶴《りつ》くんはそう言《い》い捨《す》て、私《わたし》たちと「BADCRANE《バッドクレーン》」のメンバーは倉庫《そうこ》をあとにした。


「BADCRANE《バッドクレーン》」のメンバーと別《わか》れたあと、利鶴《りつ》くんに「少《すこ》し話《はな》そう」と言《い》われ、近《ちか》くの川沿《かわぞ》いにやってきた私《わたし》たちは横《よこ》に並《なら》んで土手《どて》に座《すわ》る。

「私《わたし》とはもう……関《かか》わらないんじゃないの？」

一言目《ひとことめ》はありがとうってお礼《れい》を言《い》いたかったのに、強《つよ》がってしまった。

だって、助《たす》けに来《き》て優《やさ》しくされたら、また諦《あきら》められなくなっちゃう。

頑張《がんば》って利鶴《りつ》くんのことを忘《わす》れようとしてたのに……。

「……自分《じぶん》のせいで想來《そら》が悪《わる》く言《い》われて、傷《きず》つくところを見《み》たくなかった」

利鶴《りつ》くんが私《わたし》の目《め》をまっすぐ見《み》つめる。

「初《はじ》めて、人《ひと》に嫌《きら》われたくないと思《おも》ったんだ」

「私《わたし》は、まわりにどう思《おも》われても利鶴《りつ》くんのそばにいたかったよ」

「俺《おれ》も離《はな》れて気《き》づいた。自分《じぶん》の中《なか》で想來《そら》の存在《そんざい》がこんなに大《おお》きくなっていたんだって」

――利鶴《りつ》くんの正直《しょうじき》な気持《きも》ちなんだって、伝《つた》わる。

「もう離《はな》れない」

「……っ」

「想來《そら》が大好《だいす》きだから、絶対《ぜったい》にもう離《はな》れない」

いつもより低《ひく》いけど、優《やさ》しさが込《こ》められている声《こえ》。

――やっぱり、私《わたし》は利鶴《りつ》くんのことが大好《だいす》きなんだ。

「そういえば、なんで私《わたし》が連《つ》れ去《さ》られたってわかったの？」

「東中《ひがしちゅう》のやつらに絡《から》まれた時《とき》から、想來《そら》はずっと目《め》つけられてた」

「私《わたし》、あれからずっと狙《ねら》われてたの？」

「そうだよ。距離《きょり》を置《お》いてからも心配《しんぱい》で、仲間《なかま》に見張《みは》りを頼《たの》んでたんだ」

そういえば、前《まえ》に一緒《いっしょ》に帰《かえ》ってくれたこともあった。

まさか、話《はな》さなくなってからも、私《わたし》が危険《きけん》な目《め》に遭《あ》わないようにしてくれていたなんて……。

離《はな》れている間《あいだ》も私《わたし》のことを考《かんが》えてくれてたんだと思《おも》うと、心《こころ》の奥《おく》がぎゅっとなる。

「ちょうど想來《そら》が連《つ》れ去《さ》られるところを仲間《なかま》が見《み》て、俺《おれ》にすぐに連絡《れんらく》してくれた」

「だから、すぐに助《たす》けに来《き》てくれたんだね」

私《わたし》が納得《なっとく》していると、利鶴《りつ》くんは私《わたし》の顔《かお》をジッと見《み》つめてきた。

「想來《そら》にケガがなくてよかった」

「利鶴《りつ》くんのおかげだよ。助《たす》けてくれてありがとう」

利鶴《りつ》くんは「そういえばさ……」と続《つづ》ける。

「想來《そら》は、俺《おれ》のことどう思《おも》ってんの？」

「え？　わ、私《わたし》……？」

そうだ、私《わたし》の気持《きも》ちははっきり言《い》ってないんだ。

「……私《わたし》も、利鶴《りつ》くんのことが好《す》き、だよ」

頬《ほほ》だけじゃなくて、全身《ぜんしん》が熱《あつ》くなるのがわかる。

すると、利鶴《りつ》くんは体《からだ》ごと私《わたし》のほうを向《む》いて「俺《おれ》と付《つ》き合《あ》ってくれる？」と言《い》ってきた。

「もちろん！」と目《め》を見《み》て返事《へんじ》をすると、利鶴《りつ》くんが優《やさ》しく私《わたし》の頬《ほお》を撫《な》でてきた。

ダメダメ、心臓《しんぞう》の音《おと》がこれ以上大《いじょうおお》きくなると利鶴《りつ》くんに聞《き》こえちゃう……！

「抱《だ》きしめていい？」

「へっ⁉」

「嫌《いや》ならしない」

「い、嫌《いや》じゃないけど、その、ドキドキしすぎてるっていうか……」

——次《つぎ》の瞬間《しゅんかん》、私《わたし》は利鶴《りつ》くんの腕《うで》の中《なか》にいた。私《わたし》をすっぽり包《つつ》んでしまうほど、利鶴《りつ》くんの体《からだ》が大《おお》きいんだという事実《じじつ》にさら

にドキドキは加速《かそく》する。

「俺《おれ》もドキドキしてる」

たしかに、近《ちか》づくと利鶴《りつ》くんの鼓動《こどう》が私《わたし》にも伝《つた》わってきて心地《ここち》いい。同《おな》じ気持《きも》ちなんだと知れて、不思議《ふしぎ》な感覚《かんかく》になる。

「利鶴《りつ》くん……大好《だいす》き」

気持《きも》ちがあふれて、自然《しぜん》と声《こえ》が漏《も》れた。

利鶴《りつ》くんは抱《だ》きしめていた体《からだ》を離《はな》し、私《わたし》のことをジッと見《み》る。

「どうしたの？」

「不意打《ふいう》ちでかわいいこと言《い》うなよ」

かわいいこと……!?　利鶴《りつ》くんにかわいいと思《おも》われたのがうれしくて、わかりやすく照《て》れてしまう。

そんな私《わたし》を知《し》ってか知《し》らずか、利鶴《りつ》くんは私《わたし》のことを見《み》つめる。

私《わたし》たちふたりを包《つつ》む時間《じかん》だけゆっくり進《すす》んでいるかのようで……。

「キス、していい？」

利鶴《りつ》くんのその言葉《ことば》も、スローモーションで聞《き》こえた。

「……うん」

初《はじ》めてのことでどうすればいいかわからない。

だけど、私《わたし》を見《み》つめる利鶴《りつ》くんの視線《しせん》があまりにも優《やさ》しいから……私《わたし》は身《み》を委《ゆだ》ねようと思《おも》った。

利鶴《りつ》くんの顔《かお》が近《ちか》づいてくるのがわかったので、私《わたし》は目《め》をつぶる。

そのあとに唇《くちびる》が一瞬《いっしゅん》触《ふ》れ、すぐに離《はな》れた。

目《め》をゆっくりと開《あ》けると、目《め》の前《まえ》には大好《だいす》きな人《ひと》がいて……私《わたし》の頬《ほお》は緩《ゆる》んだ。

大好《だいす》きな人《ひと》との初《はじ》めてのキス——きっと、今日《きょう》をずっと忘《わす》れないと思《おも》う。

——極悪非道《ごくあくひどう》という噂《うわさ》されている総長《そうちょう》は、本当《ほんとう》は優《やさ》しくて人想《ひとおも》い。

そして……私《わたし》にだけは甘《あま》い、ダークヒーロー。

END

誰《だれ》にも本気《ほんき》にならないはずの総長《そうちょう》さま

クレハ・著

佐倉琴葉《さくらことは》

しっかり者《もの》で、悩《なや》み相談《そうだん》を受《う》けることも多《おお》い中学二年生《ちゅうがくにねんせい》。別世界《べっせかい》の人《ひと》だと思《おも》っていたはずの玲央《れお》と、ひょんなことから話《はな》すようになる。

七海玲央《ななみれお》

イケメンの読者《どくしゃ》モデルで大企《だいき》業《ぎょう》の御曹司《おんぞうし》でもありながら、暴走族《ぼうそうぞく》「クラージュ」の総長《そうちょう》。男女問《だんじょと》わず人気者《にんきもの》だけど、じつは人《ひと》に心《こころ》を開《ひら》けずにいる。

雨《あめ》の公園《こうえん》でズブ濡《ぬ》れになっている男子《だんし》を助《たす》けた琴葉《ことは》。彼《かれ》は校内《こうない》の有《ゆう》名人《めいじん》で暴走族《ぼうそうぞく》の総長《そうちょう》、玲央《れお》だった。どこか冷《さ》めている玲央《れお》だったけど、親身《しんみ》に話《はなし》を聞《き》いてくれる琴葉《ことは》に興味《きょうみ》を持《も》ち、距離《きょり》を縮《ちぢ》めてきて⁉

人気者《にんきもの》の総長《そうちょう》さま

やばいよ、やばいよー。

学校《がっこう》へと続《つづ》く早朝《そうちょう》の道《みち》を全力疾走《ぜんりょくしっそう》している私《わたし》の名前《なまえ》は、佐倉琴葉《さくらことは》。

今日《きょう》は日直《にっちょく》なのに完全《かんぜん》に寝坊《ねぼう》ー！

日直《にっちょく》は早《はや》く学校《がっこう》へ行《い》って、職員室《しょくいんしつ》からカギをもらって教室《きょうしつ》を開《あ》けないといけない。

それなのに、今日《きょう》に限《かぎ》って二度寝《にどね》しちゃったの。

お母《かあ》さんに布団《ふとん》を剥《は》がされてスマホの時計《とけい》を見《み》た時《とき》には、一瞬《いっしゅん》頭《あたま》が真《ま》っ白《しろ》になってしまった。

すぐに我《われ》に返《かえ》って大急《おおいそ》ぎで制服《せいふく》を着《き》て家《いえ》を出《で》ようとしたのに、お母《かあ》さんたら『朝食《ちょうしょく》はちゃんと食《た》べなさい』って逃《に》がしてくれないんだもん。ちゃんと食事《しょくじ》を取《と》るのは大事《だいじ》だけど、こういう非常時《ひじょうじ》ぐらい融通《ゆうずう》をきかせてくれてもいいのに……。

しかも、歳《とし》の離《はな》れた妹《いもうと》が幼稚園《ようちえん》に行《い》きたくないと駄々《だだ》をこねて泣《な》き始《はじ》めちゃったから、余計《よけい》に時間《じかん》を食《く》っちゃった。

お父《とう》さんは朝《あさ》が早《はや》く、お母《かあ》さんはフルタイムで働《はたら》きながら家族全員分《かぞくぜんいんぶん》のお弁当《べんとう》を作《つく》ってくれ、隣《となり》の家《いえ》に住《す》むおばあちゃんの介護《かいご》もあって忙《いそが》しい。

おばあちゃんは、二週間前《にしゅうかんまえ》に骨折《こっせつ》したのだ。

だから、おばあちゃんが治《なお》るまでは私《わたし》もお手伝《てつだ》いしようって、妹《いもうと》の準備《じゅんび》と朝《あさ》の送迎《そうげい》は私《わたし》に任《まか》せてと名乗《なの》りを上《あ》げたんだけど、こういう時《とき》ばかりは本当《ほんとう》に困《こま》っちゃう。

いまだギャン泣《な》きしている妹《いもうと》を抱《だ》っこして、幼稚園《ようちえん》の迎《むか》えのバスまで猛《もう》ダッシュ。

なんとかバスの発車前《はっしゃまえ》に間《ま》に合《あ》い、妹《いもうと》も友達《ともだち》を見《み》つけたのか泣《な》きやんでくれてホッとする。けど、ここで終《お》わりじゃない。早《はや》く学校《がっこう》へ行《い》かないと……。

中学校《ちゅうがっこう》までの道《みち》のりは少《すこ》し坂道《さかみち》になっていて、運動《うんどう》が苦手《にがて》な私《わたし》はひいひい言《い》いながら、足《あし》を動《うご》かす。

もう、どうしてこんな坂道《さかみち》の先《さき》に中学校《ちゅうがっこう》なんて作《つく》ったのよ！

へろへろになりながら学校《がっこう》に入《はい》り職員室《しょくいんしつ》から鍵《かぎ》を取《と》って二年一組《にねんいちくみ》の教室《きょうしつ》へ向《む》かうと、

教室前《きょうしつまえ》の廊下《ろうか》で座《すわ》り込《こ》んでいるクラスメイトの姿《すがた》が目《め》に入《はい》る。

「琴葉《ことは》、遅《おそ》ーい！」

「ごめーん！」

ぷんぷん怒《おこ》って声《こえ》をかけてきたのは、小学校《しょうがっこう》からずっと同《おな》じクラスの大親友《だいしんゆう》の環《たまき》ちゃんだ。

「早《はや》く開《あ》けてよー」

「はーい」

私《わたし》がカギを開《あ》けると、待《ま》っていたクラスメイトもぞろぞろと動《うご》き出《だ》す。

みんなの顔《かお》は〝やっとか〟と言《い》いたげで、少《すこ》し不満《ふまん》が生《う》まれる。

「代《か》わりに誰《だれ》か取《と》りに行《い》ってくれたらいいのに」

「やだ、めんどいじゃん」

日直《にっちょく》が遅《おく》れたなら他《ほか》の子《こ》がカギを取《と》りに行《い》けばいいだけの話《はなし》なのに、それをしなかったってことは環《たまき》ちゃんの言《い》うとおり、みんな面倒臭《めんどうくさ》かったんだなってわかる。

「それに、職員室《しょくいんしつ》に行《い》ってる間《あいだ》に、玲央様《れおさま》の登校《とうこう》を見逃《みのが》したら嫌《いや》じゃない」

「玲央様《れおさま》かー。今日《きょう》はまだ来《き》てないの？」

「来《き》てたらこんなに静《しず》かじゃないって」

「たしかに」

私《わたし》は思《おも》わず納得《なっとく》してしまった。

この学校《がっこう》には、知《し》らない者《もの》はいないと断言《だんげん》できる有名人《ゆうめいじん》がいる。

それが、先《さき》ほど環《たまき》ちゃんが言《い》っていた『玲央《れお》さま』こと『七海玲央《ななみれお》』という、私《わたし》と同《おな》じ学年《がくねん》で隣《となり》のクラスの男《おとこ》の子《こ》だ。

読者《どくしゃ》モデルもしていて、大会社《だいがいしゃ》の御曹司《おんぞうし》というハイスペックさ。

学校《がっこう》のほとんどの子《こ》は、環《たまき》ちゃんのように『玲央様《れおさま》』って呼《よ》んでる。

モデルだけあって、整《ととの》った顔立《かおだ》ちに身長《しんちょう》も高《たか》くすらりとしていてスタイル抜群《ばつぐん》。

優《やさ》しげな雰囲気《ふんいき》を持《も》ち合《あ》わせていて、微笑《ほほえ》みかけられただけで女《おんな》の子《こ》たちが失神《しっしん》するほどっていうのは、環《たまき》ちゃん情報《じょうほう》だ。

校内《こうない》で恋人《こいびと》にしたい人《ひと》ランキングを作《つく》ったら、ぶっちぎりで一位《いちい》になるぐらい人気《にんき》のある人《ひと》だっていうのは、環《たまき》ちゃんや周囲《しゅうい》の女《おんな》の子《こ》たちの話《はなし》を聞《き》いていたら嫌《いや》でもわかってくる。

「ねぇ、昨日《きのう》の玲央様《れおさま》のSNS《エスエヌエス》見《み》た？」

「当《あ》ったり前《まえ》！　玲央様《れおさま》の情報《じょうほう》を逃《のが》すわけないじゃない」

「今度《こんど》、雑誌《ざっし》の表紙《ひょうし》を飾《かざ》るんだってね。絶対買《ぜったいか》いに行《い》かなきゃだよね」

「見《み》る用《よう》と保存用《ほぞんよう》と布教用《ふきょうよう》と買《か》わないと。今月《こんげつ》のお小遣《こづか》い足《た》りるかな……」

なんていう玲央様《れおさま》ファンの子《こ》たちの賑《にぎ》やかな会話《かいわ》を、右《みぎ》から左《ひだり》に聞《き》き流《なが》しながら教室《きょうしつ》に入《はい》り自分《じぶん》の席《せき》に荷物《にもつ》を置《お》く。

玲央様《れおさま》の登校《とうこう》を待《ま》つために校門《こうもん》が見《み》える窓側《まどがわ》には女《おんな》の子《こ》が集《あつ》まっており、その中《なか》にはちゃっかり環《たまき》ちゃんの姿《すがた》もある。

「環《たまき》ちゃん、毎日飽《まいにちあ》きないの？」

「は？　玲央様《れおさま》の存在《そんざい》に対《たい》して飽《あ》きるっていうワードは存在《そんざい》しないんだけど」

「そ、そうですか……」

私《わたし》は冗談交《じょうだんま》じりだったのに、環《たまき》ちゃんたら怖《こわ》いほどマジな目《め》で見《み》てくるからちょっと驚《おどろ》いてしまった。

ほぼすべての女子生徒《じょしせいと》が窓側《まどがわ》に張《は》りついているから、窓側《まどがわ》に席《せき》がある私《わたし》はちょっと困《こま》るんだけど、もう諦《あきら》めている。

ちゃんと私《わたし》が座《すわ》れるように場所《ばしょ》は空《あ》けてくれているから、まあいっか。

「あー、玲央様《れおさま》まだかな」

環《たまき》ちゃんの待《ま》ちきれないっていう声《こえ》に苦笑《にがわら》いして校門《こうもん》の方向《ほうこう》をぼーっと見《み》ていると、一目《ひとめ》でわかる空気《くうき》の違《ちが》い。

颯爽《さっそう》と歩《ある》くその様子《ようす》は、さすがモデルだけあって姿勢《しせい》がよく軽《かろ》やか。誰《だれ》に聞《き》かなくたってわかる、玲央様《れおさま》の登場《とうじょう》だ。

まわりから甲高《かんだか》い悲鳴《ひめい》が上《あ》がるけれど、私《わたし》は一緒《いっしょ》になって騒《さわ》ぐことはない。

まったく興味《きょうみ》がないわけじゃない。でも、騒《さわ》ぐほどの興味《きょうみ》はないのだ。

あいまいな気持《きも》ちのまま、かっこいいのは間違《まちが》いないんだけどなと思《おも》いながら見《み》ていると、何気《なにげ》なく顔《かお》を上《あ》げた玲央様《れおさま》とパッと目《め》が合《あ》う。

「え……」

嘘《うそ》、今私《いまわたし》のことを見《み》た？

ドキッとしたけど、すぐに環《たまき》ちゃんの悲鳴《ひめい》のような声《こえ》によって我《われ》に返《かえ》る。

「きゃあ！　今《いま》、目《め》が合《あ》った！　絶対《ぜったい》に合《あ》ったよね！」

興奮《こうふん》を抑《おさ》えきれない環《たまき》ちゃんを見《み》て、冷静《れいせい》になる。

そうだよね、玲央様《れおさま》が私《わたし》を見《み》るわけない。話《はなし》をしたこともないんだから。

自意識過剰《じいしきかじょう》だったかも。恥《は》ずかしいよー。

「ああ、玲央様《れおさま》、本当《ほんとう》にかっこいいー。いっつも笑顔《えがお》で誰《だれ》にでも分《わ》け隔《へだ》てなく優《やさ》しいし、ほんと神《かみ》！」

うっとりとしているのは環《たまき》ちゃんだけじゃなくて、他《ほか》にも環《たまき》ちゃんみたいに目《め》が合《あ》ったと喜《よろこ》んでいる子《こ》はいる。

でも、環《たまき》ちゃんには聞《き》こえていないみたい。

「今日《きょう》は絶対《ぜったい》いいことあるに違《ちが》いない！」

「よかったね」

自分《じぶん》に向《む》けられていたかもなんて勘違《かんちが》いしていた手前《てまえ》、ちょっと居心地《いごこち》が悪《わる》い。

それにしても、視線《しせん》ひとつでこんなにまわりへ影響《えいきょう》を与《あた》えてしまうなんて、すごい人《ひと》だな。同《おな》い年《どし》なんて思《おも》えない。

見《み》た目《め》からしてもすごく大人《おとな》びていて、きっと初《はじ》めて見《み》る人《ひと》は中学生《ちゅうがくせい》とは思《おも》わないんじゃないかな。

毎日《まいにち》どこかで必《かなら》ず玲央様《れおさま》の話《はなし》が聞《き》こえてくるんだから、その人気《にんき》は計《はか》り知《し》れない。

窓側《まどがわ》に集《あつ》まっていた子《こ》たちが、教室《きょうしつ》に入《はい》る玲央様《れおさま》を見《み》るべく今度《こんど》は廊下側《ろうかがわ》へ移動《いどう》している。この教室《きょうしつ》の前《まえ》を通《とお》るので、その時《とき》が一番玲央様《いちばんれおさま》を間近《まぢか》で見《み》られる瞬間《しゅんかん》だから逃《のが》せないのだ。

「玲央様人気《れおさまにんき》って、ほんとすごいね」

「なに言《い》ってるのよ。今《いま》さらすぎるんだけど」

私《わたし》が感心《かんしん》したようにつぶやいた言葉《ことば》を拾《ひろ》った環《たまき》ちゃんが、あきれた顔《かお》をしている。

「まあ、でも、琴葉《ことは》って玲央様《れおさま》への関心薄《かんしんうす》いよね」

「うーん。なんか、すごいっていうのはわかるけど、怖《こわ》いって印象《いんしょう》が強《つよ》いからかも。他《た》校《こう》とのケンカを近《ちか》くで見《み》ちゃったから。環《たまき》ちゃんは怖《こわ》くないの？」

「そんなの、あのハイスペック男子《だんし》の前《まえ》では無意味《むいみ》だよ！　むしろ、それで余計《よけい》に人気《にんき》になったようなものだし」

鼻息荒《はないきあら》く即答《そくとう》する環《たまき》ちゃんに同意《どうい》を求《もと》めることを諦《あきら》めた私《わたし》は、心《こころ》の中《なか》で苦笑《にがわら》い。

「モデルで御曹司《おんぞうし》ってだけでもすごいのに、さらに総長《そうちょう》なんてめちゃくちゃすごいもん！」

この学校《がっこう》には、特殊《とくしゅ》な組織《そしき》がある。

通称《つうしょう》『クラージュ』といって、『勇敢《ゆうかん》』って意味《いみ》らしいけど、いわゆる暴走族《ぼうそうぞく》みたいなもので、総長《そうちょう》をトップとして、この学校《がっこう》の大半《たいはん》の男子生徒《だんしせいと》がその組織《そしき》に属《ぞく》している。

総長《そうちょう》は任命制《にんめいせい》だけど、歴代《れきだい》の総長《そうちょう》はケンカが強《つよ》くカリスマ性《せい》がある人《ひと》が務《つと》めている。

普通《ふつう》にこの学校《がっこう》にも生徒会《せいとかい》は存在《そんざい》しているんだけど、クラージュの影響力《えいきょうりょく》のほうがこの学校《がっこう》では強《つよ》いのだ。

そんなクラージュの現総長《げんそうちょう》が、玲央様《れおさま》。

けれど、話《はなし》を聞《き》くところによると、玲央様《れおさま》はあまり乗《の》り気《き》じゃなかったみたい。

そもそも、総長《そうちょう》は三年生《さんねんせい》の人《ひと》がなることがほとんどなんだよね。

でも、モデルってことで難癖《なんくせ》をつけてきた、当時敵対関係《とうじてきたいかんけい》にあった他校《たこう》の幹部《かんぶ》クラスを、玲央様《れおさま》ひとりでやっつけてしまった。

それを当時《とうじ》のクラージュの総長《そうちょう》が見《み》ていたそう。そして、じつは私《わたし》も見《み》ていた。

他《ほか》にもたくさんの生徒《せいと》が目撃《もくげき》していたから、玲央様《れおさま》の強《つよ》さは一気《いっき》に知《し》られることに。

その強《つよ》さに惚《ほ》れ込《こ》まれて、異例《いれい》にも玲央様《れおさま》が次期総長《じきそうちょう》に指名《しめい》されるものの、玲央様《れおさま》はモデルをしていて忙《いそが》しいことを理由《りゆう》に断《ことわ》ったらしい。

けれど、他校《たこう》からの嫌《いや》がらせは玲央様《れおさま》を中心《ちゅうしん》にひどくなるばかり。

治安《ちあん》も悪《わる》くなるしで大変《たいへん》だった。

そんな中《なか》、堪忍袋《かんにんぶくろ》の緒《お》が切《き》れた玲央様《れおさま》があっという間《ま》に他校《たこう》のトップと幹部《かんぶ》クラスをやっつけたことで、あっさり解決《かいけつ》。

その時《とき》にはもう総長《そうちょう》は玲央様《れおさま》しかいないって学校中《がっこうじゅう》が盛《も》り上《あ》がっていたので、玲央様《れおさま》も仕方《しかた》なく引《ひ》き受《う》けたようだ。

この学校《がっこう》において、総長《そうちょう》という地位《ちい》は別格《べっかく》だけど、モデルで大企業《だいきぎょう》の御曹司《おんぞうし》なのに、総長《そう》なんてしていていいのだろうかと疑問《ぎもん》が浮《う》かんでくる。

総長《そうちょう》って不良《ふりょう》をイメージさせるから、世間《せけん》ではいいイメージがないのにね。

まあ、私《わたし》にはまったく関係《かんけい》ないことなんだけど。

「来《き》たよ！　きゃあ、かっこいい！」

「見《み》たい見《み》たい！」

「写真撮《しゃしんと》りたいからちょっと横《よこ》にずれて」

「私《わたし》だって撮《と》りたいんだから押《お》さないでよ」

教室《きょうしつ》の前後《ぜんご》にある扉《とびら》周辺《しゅうへん》に女子集団《じょししゅうだん》がせめぎ合《あ》う。

玲央様《れおさま》が教室前《きょうしつまえ》まで来《き》たみたい。

毎日《まいにち》のことながらみんなよく飽《あ》きないなと傍観《ぼうかん》していると、いつの間《ま》にか廊下《ろうか》に出《で》ていた女子《じょし》の中《なか》に環《たまき》ちゃんを発見《はっけん》。

スマホのカメラを連射《れんしゃ》モードにして、笑《わら》いの一切《いっさい》ない真剣《しんけん》な表情《ひょうじょう》で撮影《さつえい》している様子《ようす》が、なんだか怖《こわ》い。

「環《たまき》ちゃん……」

苦笑《にがわら》いしながら、私《わたし》はその場《ば》に立《た》ちつくす。

しばらくすると、玲央様《れおさま》は教室《きょうしつ》に入《はい》ったのか、生徒《せいと》たちが一気《いっき》に散《ち》った。

環《たまき》ちゃんも戻《もど》ってくる。

そのほくほく顔《かお》を見《み》れば、満足《まんぞく》のいく写真《しゃしん》が撮《と》れたみたい。

「ああ、朝一《あさいち》の玲央様《れおさま》ってかっこいい……」

ほうっとため息《いき》をつきながら、今撮《いまと》った写真《しゃしん》を見《み》る環《たまき》ちゃんは、まるで恋《こい》する乙女《おとめ》のようだ。

けれど、前《まえ》に玲央様《れおさま》が好《す》きなのか聞《き》いてみたところ、好《す》きは好《す》きでも、それはアイドルの〝推《お》し〟に対《たい》する気持《きも》ちと同《おな》じで、〝お付《つ》き合《あ》いをしたい〟意味《いみ》での好《す》きではないそうだ。

実際《じっさい》、環《たまき》ちゃんには別《べつ》のクラスに好《す》きな人《ひと》がいる。

「ここ最近《さいきん》で一番《いちばん》いいのが撮《と》れたよー。これは待《ま》ち受《う》けに決定《けってい》！」

「よかったね」

環《たまき》ちゃんは、ひと仕事《しごと》やり終《お》えた達成感《たっせいかん》に満《み》ちた顔《かお》をしている。

私《わたし》は誰《だれ》かをここまで好《す》きになったことがないから、環《たまき》ちゃんの熱量《ねつりょう》が少《すこ》し羨《うらや》ましい。

それが恋愛感情《れんあいかんじょう》じゃないとしても、そんなに誰《だれ》かのために一生懸命《いっしょうけんめい》になれるって素敵《すてき》だと思《おも》う。

玲央様《れおさま》にそこまで興味《きょうみ》はないんだけど、キラキラした目《め》で好《す》きな人《ひと》のことを語《かた》る環《たまき》ちゃんを見《み》ているのは好《す》きなんだよね。

写真《しゃしん》ひとつで喜《よろこ》ぶ環《たまき》ちゃんを見《み》ているだけで、微笑《ほほえ》ましく感《かん》じるっていうのかな。

なんだか私《わたし》も幸《しあわ》せのおこぼれをもらえた気持《きも》ちになるの。

そのせいか、玲央様《れおさま》に無駄《むだ》に詳《くわ》しくなっちゃったけど。

今《いま》はまだ推《お》しもいないし、誰《だれ》かを好《す》きになったこともないけど、私《わたし》もいつか環《たまき》ちゃんのように、好《す》きな人《ひと》ができるのかな……。


お昼休《ひるやす》み。

「琴葉《ことは》ちゃーん！　聞《き》いてー」

先生《せんせい》が出《で》ていった瞬間《しゅんかん》に、半泣《はんな》きで駆《か》け寄《よ》ってくる友達《ともだち》。

「どうしたの？」

「彼氏《かれし》から既読無視《きどくむし》されたのぉー」

「あれま。それは悲《かな》しいねぇ」

よしよしと慰《なぐさ》めながら、気《き》がすむまで話《はなし》を聞《き》いてあげる。

なぜか私《わたし》って、よく友達《ともだち》から相談《そうだん》を持《も》ちかけられるんだよね。

べつに気《き》の利《き》いたアドバイスができるわけでもないんだけど、私《わたし》も放《ほう》っておけないから根気《こんき》よく聞《き》き役《やく》に徹《てっ》している。

ただ、自分《じぶん》の話《はなし》を真剣《しんけん》に聞《き》いてくれるのがうれしいんだって。

だけど、いつまでたっても終《お》わらない話《はなし》は次第《しだい》に愚痴《ぐち》へと変《か》わり、これはお昼《ひる》ご飯《はん》を食《た》べる時間《じかん》がないかもなんて思《おも》っていると……。助《たす》け舟《ぶね》を出《だ》すようにお弁当《べんとう》を食《た》べようと言《い》い出《だ》したのは環《たまき》ちゃんで、私《わたし》はホッとしてうなずいた。

愚痴《ぐち》まみれだった子《こ》も、すっきりとした顔《かお》で彼氏《かれし》に会《あ》いに行《い》ったようだ。

そして天気《てんき》がいいので中庭《なかにわ》に移動《いどう》する。

「でさぁ、玲央様《れおさま》がね――」

いつもは勉強《べんきょう》やオシャレの話《はなし》もするのに、今日《きょう》は一発目《いっぱつめ》から玲央様《れおさま》の話《はなし》になる。

それも仕方《しかた》ないかなと思《おも》うのは、さっき一年《いちねん》の女《おんな》の子《こ》が、玲央様《れおさま》に大声《おおごえ》で告白《こくはく》する事件《じけん》があったから。

『玲央先輩《れおせんぱい》、付《つ》き合《あ》ってください‼』

『ごめんねー』

なんて、一拍《いっぱく》も置《お》かずして玲央様《れおさま》は笑顔《えがお》で断《ことわ》ったらしい。

ニコニコとした笑顔《えがお》でためらわず瞬殺《しゅんさつ》する様《さま》は、いっそ清々《すがすが》しさすら感《かん》じる。

玉砕《ぎょくさい》した女《おんな》の子《こ》は付《つ》き添《そ》いの友人《ゆうじん》に慰《なぐさ》められながら半泣《はんな》きで帰《かえ》っていったって話《はなし》だけど、そんな光景《こうけい》はとくに珍《めずら》しいものじゃないから、みんな〝またか〟っていう感《かん》じだった。

中学二年生《ちゅうがくにねんせい》とは思《おも》えない人《ひと》を惹《ひ》きつける魅力《みりょく》と、カリスマ性《せい》。

その強《つよ》さに似合《にあ》わない穏《おだ》やかで人好《ひとず》きのする笑顔《えがお》がひとたび向《む》けられると、その瞬間《しゅんかん》に相手《あいて》を魅了《みりょう》してしまう。

だから玲央様《れおさま》に告白《こくはく》する子《こ》はあとを絶《た》たないけど、少《すく》なくとも校内《こうない》で告白《こくはく》をＯＫ《オーケー》された子《こ》はいない。

他校《たこう》に彼女《かのじょ》がいるとか、モデル仲間《なかま》と付《つ》き合《あ》っているとか、特定《とくてい》の彼女《かのじょ》は作《つく》らないとかいろいろ噂《うわさ》はあるけど、本当《ほんとう》のことは環《たまき》ちゃんたちも知《し》らない。

それでも人気《にんき》が衰《おとろ》えることがないのは、男《おとこ》の子《こ》も女《おんな》の子《こ》も、年下《としした》も年上《としうえ》も、先生《せんせい》も生徒《せいと》も、玲央様《れおさま》は分《わ》け隔《へだ》てなく、いつだって誰《だれ》にも平等《びょうどう》に優《やさ》しく笑《わら》っているから。

だけど、玲央様《れおさま》の戦《たたか》いっぷりを一度見《いちどみ》ている私《わたし》には、その笑顔《えがお》は愛想笑《あいそわら》いのように見《み》える時《とき》がある。環《たまき》ちゃんには絶対言《ぜったいい》えないけどね。

そんなことを考《かんが》えながら、私《わたし》は環《たまき》ちゃんの話《はなし》に耳《みみ》をかたむける。

「でもさ、玲央様《れおさま》の彼女《かのじょ》になれる人《ひと》って、どんな人《ひと》だと思《おも》う？」

「うーん、想像《そうぞう》つかないけど、すごく大人《おとな》っぽいモデル仲間《なかま》とか？」

「やっぱりそう思《おも》うよねえ。いっつもきれいなモデルやタレントに囲《かこ》まれているから、選《えら》びたい放題《ほうだい》だよねー」

「今日告白《きょうこくはく》した子《こ》も一年《いちねん》の間《あいだ》で『かわいい』って人気《にんき》だったのに瞬殺《しゅんさつ》だったもんね」

すると、私《わたし》の言葉《ことば》に環《たまき》ちゃんは難《むずか》しい顔《かお》をする。

「べつに玲《れ》央様《おさま》と付《つ》き合《あ》いたいってわけじゃないけど、なんかまだ誰《だれ》かのものにならないでって気持《きも》ちがあるんだよねー」

きっとそう思《おも》っている子《こ》はたくさんいると思《おも》う。

思《おも》わずクスクスと笑《わら》いが漏《も》れた。

「環《たまき》ちゃんらしいね。好《す》きな人《ひと》いるくせに」

「それはそれ、これはこれなのっ！　ショックは当然受《とうぜんう》けるもん」

「じつは、女子《じょし》が苦手《にがて》だったりして？」

「そうなら、しばらく彼女《かのじょ》できなさそうだからむしろありがたいかも！」

私《わたし》の言葉《ことば》に、今度《こんど》は顔《かお》を輝《かがや》かせる環《たまき》ちゃんだった。

総長《そうちょう》さまとふたりきり

放課後《ほうかご》になり、環《たまき》ちゃんとバイバイした私《わたし》は、急《いそ》いで学校《がっこう》を出《で》る。

向《む》かうのはスーパーだ。

おばあちゃんが治《なお》るまでは、お母《かあ》さんの代《か》わりに買《か》い物役《ものやく》を引《ひ》き受《う》けたのだ。

買《か》い物《もの》ぐらいなら私《わたし》ひとりでもできるから。

小雨《こさめ》が降《ふ》る中《なか》、スーパーで買《か》い物《もの》をし終《お》えて外《そと》に出《で》ると来《く》る前《まえ》より雨脚《あまあし》が強《つよ》まっていた。

「うわー、結構降《けっこうふ》ってる」

げんなりとしながら傘《かさ》を差《さ》して歩《ある》き出《だ》す。

地面《じめん》に当《あ》たってはねる雨粒《あまつぶ》が靴《くつ》を濡《ぬ》らし、急《いそ》いで帰《かえ》りたいのに行《い》く手《て》をはばむように邪《じゃ》魔《ま》をしてくる。

今《いま》だけでいいから晴《は》れてくれないかな、なんて思《おも》いながら公園前《こうえんまえ》を通《とお》った時《とき》、公園内《こうえんない》にある木《き》の下《した》のベンチに、雨《あめ》をよけるようにして座《すわ》り込《こ》む制服《せいふく》の男《おとこ》の子《こ》がいた。

私《わたし》はすぐにそれが誰《だれ》だかわかった。

「玲央様《れおさま》だ……」
学校《がっこう》で知《し》らない人《ひと》がいない人気者《にんきもの》が、こんなところにひとりでいることに驚《おどろ》いた。
けれど、いつもの私《わたし》だったらそれ以上《いじょう》の感情《かんじょう》は生《う》まれずに通《とお》りすぎていたと思《おも》う。
なのに、彼《かれ》から目《め》が離《はな》せなかったのは、その整《ととの》ったきれいな顔《かお》に惹《ひ》きつけられたから
じゃなく、これまでに見《み》たことがない寂《さび》しげな顔《かお》をしていたからだ。
学校《がっこう》ではつねに笑顔《えがお》でいる彼《かれ》とは別人《べつじん》じゃないのかと、疑《うたが》ってしまうほどの暗《くら》い 表《ひょう》
情《じょう》。
だけど、それがかえって彼《かれ》の魅力《みりょく》を引《ひ》き立《た》たせていて——。
私《わたし》は無意識《むいしき》に足《あし》を止《と》め、見入《みい》っていた。
すると、ふと顔《かお》を向《む》けた玲央様《れおさま》と目《め》が合《あ》った。
ドキリと心臓《しんぞう》がはねたけど、私《わたし》は目《め》をそらさず、それどころか彼《かれ》に向《む》かって歩《ある》き出《だ》す。
そして、雨《あめ》から彼《かれ》を守《まも》るように傘《かさ》を半分《はんぶん》差《さ》し出《だ》した。
「そんなところにいると濡《ぬ》れますよ」
木《き》が雨除《あまよ》けとなっているけど、玲央様《れおさま》の明《あか》るい茶色《ちゃいろ》の髪《かみ》はいつものようにサラサラとし
た質感《しつかん》はなくなり、しっとりと濡《ぬ》れている。

制服《せいふく》も同《おな》じように雨《あめ》に濡《ぬ》れていて、どれだけここにいたのかわからない。

そもそもどうしてこんなところにいるんだろうか。

玲央様《れおさま》は私《わたし》を見上《みあ》げるだけで反応《はんのう》がない。

どうしよう……。

このまま放置《ほうち》するのもひとつの選択肢《せんたくし》だけど、なんだか捨《す》て猫《ねこ》を前《まえ》にしたように、その場《ば》から動《うご》けない。

うーん、困《こま》った……。いっそ傘《かさ》だけ渡《わた》そうかな。

なんて思《おも》いながら玲央様《れおさま》を再《ふたた》び見下《みお》ろすと、本当《ほんとう》に捨《す》て猫《ねこ》のような目《め》を向《む》けられる。

その目《め》はやっぱり切《せつ》なげで、なぜか胸《むね》がぎゅっと締《し》めつけられた。

あ、こりゃダメだと、その瞬間《しゅんかん》に諦《あきら》めはついた。

カバンからハンカチを取《と》り出《だ》して玲央様《れおさま》に差《さ》し出《だ》す。

「私《わたし》の家《いえ》すぐそこなんで雨宿《あまやど》りしていきます？」

話《はな》したこともない男《おとこ》の子《こ》を家《いえ》に誘《さそ》うなんてありえない、と思《おも》うより先《さき》に、あまりのいたたまれなさに声《こえ》をかけていた。

誘《さそ》っておいてなんだけど、唐突《とうとつ》すぎたかなとすぐに後悔《こうかい》する。

私《わたし》は彼《かれ》を知《し》っているけど、玲央様《れおさま》が私《わたし》を知《し》っているとは思《おも》えない。

警戒《けいかい》させちゃったかな。しかも、おかしいかなと思《おも》ったけど、相手《あいて》が玲央様《れおさま》なせいかするりと敬語《けいご》が出《で》てくる。

玲央様《れおさま》はハンカチを受《う》け取《と》ったまま、それを使《つか》おうとはしない。

見《み》ず知《し》らずの人《ひと》から渡《わた》されたハンカチなんか使《つか》うの嫌《いや》だったかも。

「あ、えっと……私《わたし》、隣《となり》のクラスの佐倉琴葉《さくらことは》っていうんだけど……」

「……知《し》ってる」

「そ、そうですか」

玲央様《れお さま》が私《わたし》の存在《そんざい》を知《し》っていたことにびっくりする。

同《おな》じクラスになったこともないし、話《はな》したことなんてない私《わたし》を知《し》っているなんて思《おも》ってもみなかった。

「ここで何《なに》してるんですか？」

「ひとりになりたかったから」

温度《おんど》を感《かん》じない淡々《たんたん》とした返事《へんじ》は、いつも聞《き》こえてくる玲《れ》央様《おさま》の明《あか》るい声《こえ》とは全然《ぜんぜん》違《ちが》っていた。

でも、それを今気《いまき》にしている場合《ばあい》じゃない。

「えっと、とりあえずこのままだと風邪《かぜ》ひいちゃうから一緒《いっしょ》に来《き》て」

「…………」

返事《へんじ》がなくて困《こま》ったな、と思《おも》いかけてハッとする。

急《きゅう》に連《つ》れていったらダメだよね。

ちゃんとお母《かあ》さんに許可《きょか》をもらっておかないと。

同《おな》じ学校《がっこう》の子《こ》とはいえ、男《おとこ》の子《こ》を家《いえ》に入《い》れるわけだし。

慌《あわ》ててお母《かあ》さんに電話《でんわ》すると、予想外《よそうがい》にすんなりと許可《きょか》は出《で》た。

一応相手《いちおうあいて》は男《おとこ》の子《こ》だって伝《つた》えたけど、『琴葉《ことは》を信用《しんよう》しているもの』だって。

それに隣《となり》のおばあちゃんの家《いえ》にいるから、何《なに》かあってもすぐに駆《か》けつけるからって言《い》われてホッとした。

ならば、あとは玲央様《れおさま》を連《つ》れていくだけだ。

「ほら、早《はや》く」

うながしても動《うご》かない彼《かれ》にじれったくなって、敬語《けいご》もいつの間《ま》にか忘《わす》れる。無理《むり》やり手《て》を引《ひ》っ張《ぱ》って強引《ごういん》に立《た》ち上《あ》がらせると、玲央様《れおさま》はびっくりした顔《かお》でつかまれた手首《てくび》を無言《むごん》で見《み》ていた。

「あ、痛《いた》かった？」

少《すこ》し強引《ごういん》に力《ちから》を入《い》れすぎたかな。そんなに強《つよ》くしたつもりはないんだけど……。

でも、私《わたし》の心配《しんぱい》を否定《ひてい》するように、玲央様《れおさま》はふるふると首《くび》を横《よこ》に振《ふ》った。

「──大丈夫《だいじょうぶ》」

そう言葉《ことば》にする彼《かれ》には、やっぱりいつもの明《あか》るい微笑《ほほえ》みは浮《う》かんでいなかった。

「じゃあ、ついてきて」

言《い》うが早《はや》いか、私《わたし》は返事《へんじ》も聞《き》かずに玲央様《れおさま》の手《て》を引《ひ》いて歩《ある》き出《だ》した。

抵抗《ていこう》するわけでもなくおとなしく従《したが》う彼《かれ》の姿《すがた》に、別人疑惑《べつじんぎわく》が再燃《さいねん》する。

「玲央様《れおさま》……だよね？」

「……うん」

念《ねん》のため玲央様《れおさま》かどうか確認《かくにん》してみると、弱々《よわよわ》しい声《こえ》が返《かえ》ってきた。

よかった。ちゃんと玲央様《れおさま》だった。

名前《なまえ》を確認《かくにん》できてホッとしたのは、こんなきれいな容姿《ようし》を持《も》った人《ひと》がそう何人《なんにん》もいてたまるかと思《おも》う自分《じぶん》がいたからだ。

それと、まったくの見《み》ず知《し》らずの人《ひと》ではなかったっていうのもある。

さすがに誰《だれ》かもわからない人《ひと》を家《いえ》に連《つ》れていくわけにはいかないもんね。

でも、こんなところを学校《がっこう》の子《こ》に見《み》られたら、あらぬ誤解《ごかい》を生《う》んじゃうかな。

手《て》を握《にぎ》るのはまずかったかも。

せめて手《て》を離《はな》そうかなと思《おも》って一度《いちど》振《ふ》り返《かえ》った私《わたし》は、その考《かんが》えをすぐに捨《す》てた。

だって、私《わたし》の手《て》を唯一《ゆいいつ》の頼《たよ》りにするように歩《ある》いている力《ちから》のない顔《かお》を見《み》たら、離《はな》せなくなった。

ううっ、なんか放《ほう》っておけない……。仕方《しかた》ない。このまま帰《かえ》ろう。

もし誰《だれ》かに見《み》られたら、そっくりさんだって誤魔化《ごまか》すしかないよね。

家《いえ》につくと、荷物《にもつ》をテーブルに置《お》いて、すぐにタオルを用意《ようい》して彼《かれ》に渡《わた》した。

「結構濡《けっこうぬ》れてるし着替《きが》えも必要《ひつよう》だよね。お父《とう》さんのでサイズ合《あ》うかな？」

モデルをしている玲央様《れおさま》は手足《てあし》も長《なが》く身長《しんちょう》も高《たか》い。

かたや、最近《さいきん》ぜい肉《にく》が気《き》になると言《い》いつつビールをたくさん飲《の》む、ぽよぽよ体型《たいけい》の父親《ちちおや》は、身長《しんちょう》も家系的《かけいてき》に高《たか》くはなかった。

大人《おとな》の父親《ちちおや》より、中学生《ちゅうがくせい》の玲央様《れおさま》のほうが計《はか》るまでもなく足《あし》は長《なが》い。

切《せつ》なくなってきたけど、他《ほか》に合《あ》いそうな服《ふく》もないから仕方《しかた》ないよね。

「そっちの脱衣所《だついじょ》でこの服《ふく》に着替《きが》えてきて。サイズ合《あ》わないかもだけど我慢《がまん》してね」

返事《へんじ》を待《ま》たずに玲央様《れおさま》を脱衣所《だついじょ》に押《お》し込《こ》み、私《わたし》は飲《の》み物《もの》を淹《い》れるためのお湯《ゆ》を準備《じゅんび》する。

そこまではいいのだけど、ここで困《こま》ってしまう。

「玲央様《れおさま》にホットココアでいいのかな？」

イメージだと、コーヒーをブラックで飲《の》んでいそうなんだけど……。

「まいっか」

環《たまき》ちゃん情報《じょうほう》では、甘《あま》いものが嫌《きら》いだとは聞《き》いていないから大丈夫《だいじょうぶ》なはず。

しばらくすると、着替《きが》えた玲央様《れおさま》がリビングに入《はい》ってきた。

やっぱりサイズが合《あ》っていなかったみたいで、お父《とう》さんではぴったりのズボンも、玲央《れお》様《さま》には丈《たけ》が短《みじか》いみたい。

思《おも》わず笑《わら》いそうになったけど、渡《わた》しておきながらそれは失礼《しつれい》だなとこらえた。

こんな姿《すがた》、環《たまき》ちゃんや学校《がっこう》の女子《じょし》が見《み》たらショックを受《う》けそう……。

「そこの椅子《いす》に座《すわ》ってて」

カウンターキッチンからその姿《すがた》が見《み》えた私《わたし》は、手《て》を止《と》めずに声《こえ》をかける。

文句《もんく》もなく言《い》われるがままに従《したが》う様子《ようす》は、とても人気者《にんきもの》のクラージュの総長《そうちょう》とは思《おも》えない。

彼《かれ》の座《すわ》っているほうを気《き》にしつつ、私《わたし》は玲央様《れおさま》の前《まえ》に作《つく》ったばかりのホットココアを置《お》く。

「どうぞ。甘《あま》いものは大丈夫《だいじょうぶ》？」

「平気《へいき》」

「よかった」

環《たまき》ちゃん情報《じょうほう》に感謝《かんしゃ》しながらもホッとした。

彼《かれ》の向《む》かいに座《すわ》り、そこまで会話《かいわ》をしていてハッとする。

そういえば、彼《かれ》はクラージュの総長《そうちょう》だけど、モデルであり御曹司《おんぞうし》でもある。

スーパーのセールで買《か》ったインスタントのココアなんて、舌《した》が肥《こ》えていそうな彼《かれ》に出《だ》すのは失礼《しつれい》だったかも……。

といっても、玲央様《れおさま》に出《だ》すのにふさわしい高級《こうきゅう》な飲《の》み物《もの》なんてうちには置《お》いてないけどね。

「あの、おいしくなかったら残《のこ》していいからね」

「ううん。おいしいよ」

それが社交辞令《しゃこうじれい》なのかは私《わたし》にはわからなかったけど、気《き》のせいか玲央様《れおさま》は、さっきより穏《おだ》やかな顔《かお》をしている気《き》がする。

文句《もんく》ひとつ言《い》わずに、ごくごくと全部《ぜんぶ》飲《の》み干《ほ》したのでびっくり。

むしろ飲《の》み慣《な》れていない味《あじ》で新鮮《しんせん》だったのかな。

それか喉《のど》が渇《かわ》いてたとか？

「お、おかわりいる？」

「うん」

ほわりと笑《わら》った顔《かお》にどきりとする。

さっきまで落《お》ち込《こ》んでいるみたいだったのに不意打《ふいう》ちすぎる。

「……ちょっと待《ま》っててね」

キッチンに向《む》かい、新《あたら》しいココアを作《つく》っている間《あいだ》に感《かん》じる視線《しせん》。

なんだかすごく見《み》られてる⁉

いたたまれなくなって、ささっとカップを持《も》って玲央様《れおさま》の前《まえ》に置《お》いた。

けれど、玲央様《れおさま》の視線《しせん》はカップではなく私《わたし》をじーっと見《み》ていて……。

「あ、あの……」

穴《あな》が開《あ》きそうなほど見《み》つめられて、胸《むね》がドキドキしはじめる。

え、なんで。何《なに》かしたっけ。いや、したと言《い》えばしたよね。

お母《かあ》さんはOK《オーケー》してくれたけど、無理《むり》やり家《いえ》に連《つ》れてきて着替《きが》えを貸《か》して飲《の》み物《もの》までふるまうなんて、ちょっとやりすぎたかもしれない。

玲央様《れおさま》ファンに知《し》られたら、たしかに怒《おこ》られそう。

これは、先《さき》に謝《あやま》っておいたほうがいいかもしれない。

「あのっ」

今《いま》まさに謝罪《しゃざい》の言葉《ことば》を吐《は》き出《だ》そうとするより前《まえ》に、彼《かれ》のほうが先《さき》に口《くち》を開《ひら》いた。

「ありがとう。おかげさまであったまったよ」

そう言《い》って軽《かる》く頭《あたま》を下《さ》げる。

「そんな大《たい》したことしてないからっ」

私《わたし》はぶんぶん頭《あたま》を振《ふ》る。

あの玲央様《れおさま》から礼儀《れいぎ》正《ただ》しく謝《あやま》られるなんて、恐《おそ》れ多《おお》すぎるよ。

総長《そうちょう》と言《い》うと不良《ふりょう》を連想《れんそう》するけれど、やっぱり御曹司《おんぞうし》だけあってどこか品《ひん》もある。

思《おも》わずそのギャップにどきりとした。

「ねえ、何《なに》も聞《き》かないの？」

「え？」

言葉《ことば》の意味《いみ》がわからずに反射的《はんしゃてき》に聞《き》き返《かえ》すと、彼《かれ》のこげ茶色《ちゃいろ》の瞳《ひとみ》が私《わたし》を映《うつ》していた。

「俺《おれ》のこと知《し》ってるのに、あんなとこで何《なに》してたのか聞《き》かないの？」

意味《いみ》を理解《りかい》した私《わたし》は、納得《なっとく》して答《こた》えた。

「うーん、べつにいいかな。聞《き》かれたくないこととか誰《だれ》にだってあるだろうし」

総長《そうちょう》でモデルで御曹司《おんぞうし》で……つねにみんなの中心《ちゅうしん》にいる玲央様《れおさま》なら悩《なや》みも多《おお》そうだもんね。凡人《ぼんじん》にはわからない苦労《くろう》があっても驚《おどろ》かないや。

「ならどうしてここに連《つ》れてきたの？　見《み》たところ他《ほか》に家族《かぞく》いないみたいだし、不用心《ぶようじん》じゃない？」

その言葉《ことば》は私《わたし》を心配《しんぱい》してくれているようにも聞《き》こえて、なんだか笑《わら》いが込《こ》みあげそうになった。

「なんでだろ？　自分《じぶん》でもちょっとびっくりな行動《こうどう》だけど、なんか放《ほう》っておけなかったからかな。あ、ちなみにお母《かあ》さんとかは隣《となり》の家《いえ》にいて、もう少《すこ》ししたら帰《かえ》ってくるから心配《しんぱい》ないよ。ちゃんと許可《きょか》も取《と》ったし」

心配《しんぱい》してくれていそうな彼《かれ》を安心《あんしん》させるように笑《わら》って伝《つた》えておく。

それでも納得《なっとく》はできないのか、訝《いぶか》しげな表情《ひょうじょう》をしている。

「俺《おれ》が有名《ゆうめい》だから気《き》にしてくれた？」

学校《がっこう》で知《し》る彼《かれ》らしくない自嘲《じちょう》するような表情《ひょうじょう》に、私《わたし》は「うーん」と唸《うな》る。

「理由《りゆう》はとくにないよ。ただ、玲央様《れおさま》をあのまま置《お》いておけないなって思《おも》っただけで、そこに深《ふか》い意味《いみ》はないかな」

突発的《とっぱつてき》に行動《こうどう》しすぎて、逆《ぎゃく》に申《もう》し訳《わけ》なくなる。

玲央様《れおさま》もまさか半強制的《はんきょうせいてき》に家《いえ》に連《つ》れてこられるとは思《おも》っていなかったんじゃないかな。

もしや警戒《けいかい》させちゃってる？

「他《ほか》の人間《にんげん》でもそうしたって断言《だんげん》できる？」

やけに突《つ》っかかってくるな。まるで毛《け》を逆立《さかだ》てる猫《ねこ》みたいに警戒心《けいかいしん》いっぱいで、私《わたし》の中《なか》の玲央様像《れおさまぞう》がどんどん塗《ぬ》り替《か》えられている。

誰《だれ》にでも気《き》さくに笑顔《えがお》を振《ふ》りまく玲央様《れおさま》は、どこに行《い》ったんだろう。

「そう言《い》われると断言《だんげん》はできないかも。他《ほか》の人《ひと》だったらまた違《ちが》う対応《たいおう》してた可能性《かのうせい》のほうが高《たか》いし」

見《み》ず知《し》らずの人《ひと》だったら、そもそも素通《すどお》りしている。

危険《きけん》だから、そこまで不用心《ぶようじん》じゃないし、お母《かあ》さんがそもそも許《ゆる》さないだろう。

すると、玲央様《れおさま》は、ほらやっぱりという声《こえ》が聞《き》こえてくるような失望《しつぼう》した顔《かお》をする。

その諦《あきら》めを含《ふく》んだ表情《ひょうじょう》を見《み》て、私《わたし》は心《こころ》が締《し》めつけられたように悲《かな》しくなる。

なぜだかそのまま流《なが》しちゃダメだと思《おも》った。

言《い》い訳《わけ》をするわけじゃないけれど、変《へん》な誤解《ごかい》をしてほしくなかった。

「本当《ほんとう》はね、通《とお》りすぎようとしたの。だって〝あの〟玲央様《れおさま》だったから、下手《へた》に話《はな》しかけないほうがいいなって。でも、寂《さび》しそうな顔《かお》が焼《や》きついて離《はな》れなくて、しかも、あのままじゃ風邪《かぜ》も引《ひ》きそうだし、もうこれは連《つ》れ帰《かえ》るしかない！って思《おも》ったら、自然《しぜん》と体《からだ》が動《うご》いてたの」

そう言《い》って強《つよ》く拳《こぶし》を握《にぎ》ると、玲央様《れおさま》はきょとんとした顔《かお》をしたあと、くくっと吹《ふ》き出《だ》すのを我慢《がまん》するように突然笑《とつぜんわら》い出《だ》した。

今《いま》のどこに笑《わら》うところがあったかな。

私《わたし》、おかしなこと言《い》ってないよね。

「何《なに》それ。まるで捨《す》て猫扱《ねこあつか》いじゃん。そんなに俺《おれ》ってかわいそうな感《かん》じだったかな？」

「いや、自分《じぶん》じゃわからないと思《おも》うけど、本当《ほんとう》に捨《す》て猫《ねこ》みたいだったんだよ。あのまま放《ほう》っておいたら、よからぬ人《ひと》にお持《も》ち帰《かえ》りされてたって」

「よからぬ人《ひと》って……。あはは っ、おかしい」

なんだか知《し》らないがツボにはまったらしく、声《こえ》を上《あ》げて笑《わら》い始《はじ》めた。

「変《か》わってるね、キミ」

「あ、ありがとう？」

これは褒《ほ》められてるのかな？

でも、さっきまで彼《かれ》を覆《おお》っていた暗《くら》い陰《かげ》が吹《ふ》き飛《と》ばされたような気《き》がする。

それはいいんだけど、ちょっと笑《わら》いすぎかも。

肩《かた》を震《ふる》わせて笑《わら》い続《つづ》けるものだから、バカにされたような気《き》になってきて、自然《しぜん》と眉間《みけん》にしわが寄《よ》った。

それに気《き》がついたからか、玲央様《れおさま》は「ごめんごめん」と謝《あやま》る。

ただ、その謝罪《しゃざい》の間《あいだ》も笑《わら》いをこらえているので台無《だいな》しだ。

玲央様《れおさま》は少《すこ》ししてから、落《お》ちつかせるようにふうと息《いき》を吐《は》く。

そして、悲《かな》しげな目《め》で私《わたし》を見《み》た。

「ねえ、キミには俺《おれ》がどう映《うつ》ってる？」

あまりにも突然《とつぜん》であいまいな質問《しつもん》に、どう答《こた》えたらいいのかわからない。

私《わたし》が困《こま》っているのが伝《つた》わったのか、頬杖《ほおづえ》をつきながら彼《かれ》が再《ふたた》び話《はな》し出《だ》すのは、噂《うわさ》だけではわからない心情《しんじょう》だった。

「金持《かねも》ちの家《いえ》の御曹司《おんぞうし》でモデル。そこに今《いま》はクラージュの総長《そうちょう》の肩書《かたがき》まで加《くわ》わってる。

まわりから見《み》たら俺《おれ》はかなり恵《めぐ》まれてるんだろうなぁ。けどさ、どれも俺《おれ》が望《のぞ》んだものなんかじゃない。……そんなこと言《い》ったら嫌《いや》みかな？」

そう言《い》って彼《かれ》は自嘲《じちょう》気味《ぎみ》に言《い》った。どうしてそんな悲《かな》しい顔《かお》をするんだろう。

「俺《おれ》のまわりに集《あつ》まってくるやつらを見《み》ていると、虚《むな》しい気持《きも》ちになっていくんだ……。こいつらはただ媚《こ》びてるだけで、俺《おれ》が総長《そうちょう》でもモデルでも金持《かねも》ちでもなかったら寄《よ》ってこないんだろうなって思《おも》うと余計《よけい》にさ」

「そうかな？　私《わたし》が知《し》ってる子《こ》たちは純粋《じゅんすい》に玲央《れお》様《さま》のこと好《す》きだよ」

環《たまき》ちゃんなんて、その筆頭《ひっとう》だと思《おも》うんだよね。

「うん。そんなやつらばっかりじゃないって、ちゃんとわかってるよ……。好《す》きでいてくれてる人《ひと》や、憧《あこが》れてくれてる人《ひと》も中《なか》にはいるって。けど、心《こころ》は開《ひら》けない。みんなの前《まえ》では笑《わら》ってるけど、本心《ほんしん》では楽《たの》しいとか思《おも》ったことないし」

玲央《れお》様《さま》が「ただまわりに合《あ》わせてるだけだよ」と話《はな》す静《しず》かな声《こえ》は、悲《かな》しくなるほどきれいに響《ひび》いて、私《わたし》の耳《みみ》に届《とど》く。

「…………」

「俺《おれ》はどこかおかしいのかもしれない。あんなに慕《した》ってくれるまわりの気持《きも》ちは普通《ふつう》ならうれしいはずなんけど、すごく鬱陶《うっとう》しいんだ。でも、同時《どうじ》に、みんなが離《はな》れていくのを怖《こわ》がっている自分《じぶん》がいるのも感《かん》じてる。矛盾《むじゅん》してるよね？」

学校《がっこう》では決《けっ》して見《み》せない、『玲央様《れおさま》』と崇《あが》められる人《ひと》の本心《ほんしん》。

「俺《おれ》が誰《だれ》にも本気《ほんき》にならないって噂《うわさ》になってるらしいね。実際《じっさい》にそのとおりだし、俺《おれ》は誰《だれ》ひとり信用《しんよう》できないから」

トップに立《た》つ人《ひと》の誰《だれ》も知《し》らない悩《なや》み。

笑顔《えがお》の裏《うら》でこんなことを考《かんが》えていたなんて、誰《だれ》も思《おも》ってもいないだろうな。

意外《いがい》な一面《いちめん》に、私《わたし》も正直《しょうじき》びっくりした。

「誤魔化《ごまか》すように明《あか》るく振《ふ》る舞《ま》ってるけどさ、いつか俺《おれ》の嘘《うそ》の笑顔《えがお》に誰《だれ》か気《き》づくんじゃないかと思《おも》うと、余計《よけい》に近《ちか》づけなくなる。期待《きたい》に添《そ》えない行動《こうどう》をした瞬間《しゅんかん》、あっという間《ま》に去《さ》っていくんじゃないのか。そう思《おも》うと誰《だれ》も信《しん》じるなんてできなくて、誰《だれ》かを本気《ほんき》で好《す》きになんてなれるはずがない。……ねえ、どうしたら人《ひと》を本気《ほんき》で好《す》きになれると思《おも》う？」

誰《だれ》よりも高《たか》みにいる人《ひと》なのに、そんな普通《ふつう》の悩《なや》みがあるんだって言《い》ったら失礼《しつれい》になっちゃうかな。

玲央様《れおさま》は玲央様《れおさま》なりにプレッシャーがあるんだとわかって、なんだかホッとする。

「……無理《むり》して好《す》きにならなくてもいいんじゃないかな？」

彼《かれ》の悩《なや》みを一言《ひとこと》でばっさりと切《き》り捨《す》てた私《わたし》に、玲央様《れおさま》は目《め》を丸《まる》くする。

「いや、でも……」

それではダメだろうと否定《ひてい》しようとしたけど、その先《さき》の言葉《ことば》が出《で》てこなかったみたい。

「人《ひと》を好《す》きになるのは、無理《むり》やりできるものなんかじゃないと思《おも》うし。だから思《おも》いつめずにいたら、いつか信《しん》じられる人《ひと》がそのうちできる……かも？」

説教臭《せっきょうくさ》くなり、責任《せきにん》を持《も》てないのに断言《だんげん》しちゃまずいと気《き》づいて、語尾《ごび》がだんだん自《じ》信《しん》をなくしていった。

勢《いきお》いをなくしていく私《わたし》を見《み》て、玲央様《れおさま》はまたもや「ぶはっ」と笑《わら》いがこらえきれなかったように吹《ふ》き出《だ》した。

さっきは無理《むり》やり笑《わら》ってるなんて言《い》っていたけど、この人《ひと》……むしろ笑《わら》い上戸《じょうご》じゃないのかな。

しかも、その笑《わら》い方《かた》がかっこいいというより親《した》しみやすくてびっくり。

「そんな自信《じしん》なさげに言《い》われても説得力《せっとくりょく》ないよ」

「う……、ごめんなさい……」

だって、あとになって「好《す》きになんてなれなかったぞ」とか責《せ》められても、私《わたし》にはどうしようもできないのだから。

「とりあえず今《いま》のはあくまでアドバイスってことで、あとは自己責任《じこせきにん》でお願《ねが》いします！」

「ふくくっ。わかったよ」

口《くち》を押《お》さえながら笑《わら》いをこらえているけど、こらえきれていない。

「普段《ふだん》も今《いま》の感《かん》じで話《はな》してるなら気《き》にしなくていいんじゃないかな？　ものすごく話《はな》しやすくて総長《そうちょう》とか忘《わす》れちゃいそう」

「え、そう？」

「うん。だって、例《れい》の他校《たこう》とのケンカを見《み》て怖《こわ》いなって苦手意識《にがていしき》持《も》っていた私《わたし》が、すっかり気《き》にならなくなったから」

「えー、もしかしてあれ見《み》られてたの？」

恥《は》ずかしそうにする玲央様《れおさま》は、ちょっとかわいらしさも持《も》っていて、彼《かれ》の見《み》せるいろいろな表情《ひょうじょう》に心臓《しんぞう》がきゅっとなる。

興味《きょうみ》はないはずだったんだけど、もっと知《し》りたい欲求《よっきゅう》が生《う》まれる。

「はたから見《み》てる私《わたし》の意見《いけん》だけど、媚《こ》びてるだけの人《ひと》ばっかりには見《み》えないし、あんまり深《ふか》く考《かんが》えなくていいと思《おも》うよ？　気《き》にしない気《き》にしない」

深刻《しんこく》そうにしているところ申《もう》し訳《わけ》ないけど、玲央様《れおさま》は考《かんが》えすぎだと明《あか》るく返《かえ》す。

他校《たこう》の不良《ふりょう》を圧倒《あっとう》するぐらいケンカが強《つよ》いのに、私《わたし》より繊細《せんさい》な心《こころ》を持《も》っているようだ。それはそれで、「ギャップ萌《も》え！」と身《み》もだえる環《たまき》ちゃんが頭《あたま》をよぎった。

「前《まえ》から思《おも》ってたけど、ほんと佐倉《さくら》さんってお節介《せっかい》だよね。俺《おれ》を拾《ひろ》って帰《かえ》って着替《きが》えを用《よう》意《い》して飲《の》み物《もの》を世話《せわ》したあげくに人生相談《じんせいそうだん》にまで乗《の》るなんて、世話好《せわず》きにもほどがあるよ。長女《ちょうじょ》だっけ？　そのせいかな？」

「え？　私《わたし》の名前《なまえ》知《し》ってるの？　それに長女《ちょうじょ》だってことも」

「知《し》ってるよ」

「どうして？」

みんなの玲央様《れおさま》が、接点《せってん》もない私《わたし》の名前《なまえ》まで知《し》っていたことにびっくりだった。

「しっかり者《もの》で何《なに》かとクラスの子《こ》たちから頼《たよ》りにされてるでしょ？　放《ほう》っておけばいいのにって思《おも》うことも自分《じぶん》のことのように真剣《しんけん》に相談《そうだん》に乗《の》ってて、結構《けっこう》な子《こ》たちに慕《した》われてるって知《し》ってた？」

「慕《した》われてるっていうか、ただ相談《そうだん》に乗《の》ってただけなんだけど」

最初《さいしょ》はなんだったか忘《わす》れてしまったけど、悩《なや》んでる友達《ともだち》の話《はなし》を聞《き》いてアドバイスをしたらスムーズに問題《もんだい》が解決《かいけつ》したんだっけ。

それ以降《いこう》、私《わたし》に相談《そうだん》したら〝なんとかしてくれる〟的《てき》な空気《くうき》ができあがっちゃったんだよね。

最近《さいきん》はほとんど愚痴《ぐち》を聞《き》いていただけで、特別何《とくべつなに》かした覚《おぼ》えなんてないのに。

「俺《おれ》みたいに肩書《かたがき》で人《ひと》が寄《よ》ってくるわけじゃない。本当《ほんとう》にキミが好《す》きで集《あつ》まってきているんだなって、はたから見《み》ているとよくわかるよ。キミもまわりにいる人《ひと》たちのことが好《す》きなんだなって目《め》でいつも笑《わら》ってた。その笑顔《えがお》が自分《じぶん》に向《む》けられたりしないかって何度《なんど》も思《おも》ったんだけど、キミは全然俺《ぜんぜんおれ》なんか眼中《がんちゅう》になかったみたいだし」

「眼中《がんちゅう》にないわけじゃないよ。玲央様《れおさま》のことはよく知《し》ってるし」

ほぼ環《たまき》ちゃんから教《おし》えられた情報《じょうほう》だけど。

「なら、俺《おれ》に興味《きょうみ》あるの？」

「えっと、なくはない……かな？」

正直《しょうじき》これまではさほど興味《きょうみ》なかったんだけど、人並《ひとな》みに悩《なや》みを持《も》った普通《ふつう》の男《おとこ》の子《こ》なんだなって知《し》ったら、親近感《しんきんかん》が湧《わ》いてきたのは事実《じじつ》だ。

「ふーん。興味持《きょうみも》ってくれてるんだ」

すると、途端《とたん》に目《め》の色《いろ》を変《か》える玲央様《れおさま》に、なんだか追《お》い詰《つ》められた草食動物《そうしょくどうぶつ》の気持《きも》ちになるのはなんでだろう。

「じゃあさ、これからはちょくちょく話《はな》しかけてもいいよね？」

「え⁉」

「琴葉《ことは》って呼《よ》ぶね」

「いや、さすがに玲央様《れおさま》に呼《よ》び捨《す》てされるなんて、おそれ多《おお》い！」

その現場《げんば》を玲央様《れおさま》ファンに見《み》られでもしたら、とんでもない騒《さわ》ぎになるのは目《め》に見《み》えてるって。お願《ねが》いだから考《かんが》え直《なお》してっ。

けれど玲央様《れおさま》は不満《ふまん》そうな顔《かお》を浮《う》かべた。

「玲央《れお》『様《さま》』なんて仰々《ぎょうぎょう》しいなぁ。俺《おれ》も呼《よ》び捨《す》てなんだし、琴葉《ことは》も俺《おれ》のことは玲央《れお》って呼《よ》び捨《す》てにしてよ」

「いやいやいやいや」

全力《ぜんりょく》で拒否《きょひ》させてください。でも……。

「嫌《いや》なの？」

玲央様《れおさま》はあざといほどの上目《うわめ》づかいをしながら、首《くび》をコテンとかしげる。

思《おも》わず悲鳴《ひめい》を上《あ》げそうになったのをのみ込《こ》んだ私《わたし》を誰《だれ》か褒《ほ》めてくれないかな。

「嫌《いや》じゃないです……」

そう答《こた》える道《みち》しか残《のこ》されてなかった。

「じゃあ、呼《よ》んでみて」

「今《いま》!?」

「うん、今《いま》。ほら早《はや》く」

「う……。れ、玲央《れお》……」

ためらいと混乱《こんらん》の中《なか》にいる私《わたし》とは反対《はんたい》に、玲央様《れおさま》……じゃなくて、玲央《れお》はうれしそうに破顔《はがん》した。

「俺《おれ》、琴葉《ことは》のこと気《き》に入《い》っちゃったかも」

そのきれいな笑顔《えがお》と勘違《かんちが》いしてしまいそうな言葉《ことば》に、私《わたし》はノックアウトされる。

今《いま》その顔《かお》をするなんて反則《はんそく》だよぉ。

環《たまき》ちゃんがきゃあきゃあ騒《さわ》ぐ理由《りゆう》がよくわかった。これは叫《さけ》ばずにはいられない。

私《わたし》も今《いま》ものすごく叫《さけ》びたいもん。

総長《そうちょう》さまの猛《もう》アピール

そんなことがあった翌日《よくじつ》。

学校《がっこう》へ向《む》かいながら昨日《きのう》のことを思《おも》い出《だ》して、夢《ゆめ》だったんじゃないかって思《おも》っていた。

あれから――玲央《れお》はココアを飲《の》み終《お》えると、お父《とう》さんの服《ふく》を着《き》たまま帰《かえ》っていった。

帰《かえ》りがけに改《あらた》めて私《わたし》をじっと見《み》つめ、お礼《れい》と『服《ふく》は洗濯《せんたく》して返《かえ》す』と言《い》って。

しかもその時《とき》、黒塗《くろぬ》りの高級車《こうきゅうしゃ》が迎《むか》えに来《く》るんだから、やっぱり御曹司《おんぞうし》だったのかって驚《おどろ》きとともに実感《じっかん》した。

家《いえ》の前《まえ》に横《よこ》づけされた高級車《こうきゅうしゃ》が隣《となり》の家《いえ》から見《み》えたお母《かあ》さんが、慌《あわ》てて帰《かえ》ってきた時《とき》にはもう玲央《れお》は帰《かえ》ったあとだ。

お母《かあ》さんと鉢合《はちあ》わせなかったのを喜《よろこ》ぶべきなのかな。

お母《かあ》さんったらイケメン好《ず》きだからなあ。

人気《にんき》モデルで超《ちょう》イケメンの玲央《れお》が家《いえ》にいたら、環《たまき》ちゃん顔負《かおま》けに騒《さわ》いだあと、私《わたし》に詰《つ》め寄《よ》りそうだもん。

「はあ……」

思《おも》わずため息《いき》が出《で》ちゃう。

帰《かえ》る時《とき》の玲央《れお》は、雲《くも》が晴《は》れたように晴《は》れやかな表情《ひょうじょう》を浮《う》かべていた。

私《わたし》との会話《かいわ》ぐらいで悩《なや》みが解消《かいしょう》されたとは思《おも》わないけど、人《ひと》に話《はな》すことで少《すこ》しは気分《きぶん》が晴《は》れてくれたならうれしいな。

それはそれでいいとして、まさか本当《ほんとう》に話《はな》しかけてこないよね？

ものすごく不安《ふあん》に思《おも》いながら学校《がっこう》の廊下《ろうか》を歩《ある》いていると、「琴葉《ことは》ー！」と大《おお》きな声《こえ》で私《わたし》を呼《よ》ぶ声《こえ》が響《ひび》いた。

忘《わす》れもしない声《こえ》。振《ふ》り返《かえ》ると、やっぱり玲央《れお》だった。

本当《ほんとう》に声《こえ》をかけてきちゃったよ。しかもこんな生徒《せいと》がたくさんいる中《なか》でなんて、どうしたらいいの。

せめて人《ひと》のいないところで話《はな》しかけてほしかったのに、私《わたし》の心《こころ》の悲鳴《ひめい》は伝《つた》わるわけもなく、ニコニコと笑《わら》いながら私《わたし》に向《む》かって歩《ある》いてくる玲央《れお》。

玲央《れお》のまわりにいた生徒《せいと》たちの驚《おどろ》いた表情《ひょうじょう》。

そりゃそうだよね。昨日《きのう》まで接点《せってん》のなかった私《わたし》の名前《なまえ》を玲央《れお》が呼《よ》んだら何事《なにごと》かって思《おも》うよね。

玲央《れお》はそんなまわりの反応《はんのう》に気《き》がついていないはずがないのに、そんなの知《し》ったこっちゃないとばかりに一直線《いっちょくせん》に向《む》かってくる。

逃《に》げていいかな？　でも、そんなことしたら、あとが怖《こわ》い気《き》がする……。

「はい、琴葉《ことは》。昨日《きのう》はありがとう。服《ふく》を借《か》りたまま帰《かえ》っちゃったから、ちゃんと洗濯《せんたく》して持《も》ってきたよ」

ひえぇ。なんか誤解《ごかい》を生《う》みかねない言葉《ことば》をわざと使《つか》っているように思《おも》うんだけど。

案《あん》の定《じょう》——。

「え、何《なに》？　あのふたりどんな関係《かんけい》？」

「玲央様《れおさま》が、あの子《こ》の家《いえ》に行《い》ったの？」

「というか、あの子《こ》の名前《なまえ》、呼《よ》び捨《す》てにしてる。玲央様《れおさま》が特定《とくてい》の女子《じょし》を呼《よ》び捨《す》てにすることなんてあった!?　しかもすごく親密《しんみつ》そうなんだけど」

「そんなの聞《き》いたことないよ！　どういうこと？」

ざわめきが一気《いっき》に駆《か》け巡《めぐ》り、私《わたし》は今《いま》すぐ気絶《きぜつ》したくなった。

でも、そんなの許《ゆる》さないというように、玲央《れお》が満面《まんめん》の笑《え》みで紙袋《かみぶくろ》を渡《わた》してくる。

中《なか》には昨日《きのう》貸《か》したお父《とう》さんの服《ふく》が入《はい》っている。

わざわざ洗濯《せんたく》して返《かえ》しに来《き》てくれたんだ。

それはうれしいんだけど、まわりから向《む》けられる冷《つめ》たい視線《しせん》に玲央《れお》は気《き》づいてないの？

「ねえねえ、今日《きょう》は琴葉《ことは》とお昼《ひる》ご飯《はん》食《た》べたいな。いい？」

「え？」

「それから琴葉《ことは》と一緒《いっしょ》に帰《かえ》りたいな。ダメ？」

「う……」

そんな期待《きたい》に満《み》ちたキラキラとした目《め》で見《み》られたら、断《ことわ》れるわけない。

でも、周囲《しゅうい》の反応《はんのう》が怖《こわ》い。とくに女《おんな》の子《こ》たちからの。

「えっと。でも……」

ちらちらとまわりの反応《はんのう》をうかがっていると、玲央《れお》がようやく周囲《しゅうい》の存在《そんざい》に気《き》がついたようにまわりに目《め》を向《む》けた。

「いつまで見《み》てんだ。気《き》になって琴葉《ことは》がしゃべれないだろ。とっととどっか行《い》けよ」

どすの利《き》いた声《こえ》にびっくり。

昨日《きのう》の穏《おだ》やかな話《はな》し方《かた》や雰囲気《ふんいき》と全然違《ぜんぜんちが》うんですけど！

別人《べつじん》かってぐらい違《ちが》う。

たしかにケンカしているところは見《み》たことあるし、環《たまき》ちゃんから聞《き》く玲央《れお》のイメージもあるけど、どっちが本当《ほんとう》の玲央《れお》なのかわからない。

やっぱり総長《そうちょう》に選《えら》ばれるだけの人《ひと》は、威圧感《いあつかん》も凡人《ぼんじん》とは比《くら》べられないほど怖《こわ》いんだなって感心《かんしん》したけど、昨日《きのう》の玲央《れお》を知《し》ったせいかな、まったく怖《こわ》いとは思《おも》わなかった。

彼《かれ》に、やや吹《ふ》っ切《き》れたような空気感《くうきかん》があるのも一因《いちいん》かもしれない。

そそくさと去《さ》っていく生徒《せいと》たちに呆気《あっけ》にとられていると、さっきまでの凶悪《きょうあく》な顔《かお》が嘘《うそ》のように、ニコニコと人畜無害《じんちくむがい》そうな笑顔《えがお》を向《む》けてくる玲央《れお》。

「ほら、うるさいのはどっか行《い》ったから大丈夫《だいじょうぶ》だよ」

「あ、ありがとうございます……」

玲央《れお》がクスクス笑《わら》う。

「なんで敬語《けいご》？　昨日《きのう》みたいにタメ口《ぐち》でいいよ」

「でも、学校《がっこう》だとみんな見《み》てるし」

「そんなの放《ほう》っておけばいいよ。琴葉《ことは》が気《き》にする必要《ひつよう》なんてないからね」

そう言《い》って私《わたし》の顔《かお》にかかった髪《かみ》に触《ふ》れて耳《みみ》にかける。

あまりに自然《しぜん》な動《うご》きすぎて抵抗《ていこう》する暇《ひま》もなかった。

そんな私《わたし》に代《か》わり、「きゃぁぁぁ」という悲鳴《ひめい》がいたるところから聞《き》こえてきた。

女《おんな》の子《こ》たちが、教室《きょうしつ》の中《なか》からこっちの様子《ようす》をうかがっていたみたい。

でも、悲鳴《ひめい》を上《あ》げたいのは私《わたし》のほうなんですけど！

顔《かお》に熱《ねつ》が集《あつ》まっているのを感《かん》じるほど、絶対《ぜったい》に今《いま》の私《わたし》、顔《かお》が赤《あか》いよ。

そのあと、玲央《れお》から逃《に》げるように教室《きょうしつ》に入《はい》って、環《たまき》ちゃんに尋問《じんもん》されたのは当然《とうぜん》の流《なが》れだった。

✦ ♥ ✦

その日《ひ》の昼休《ひるやす》み、宣言《せんげん》どおりにやってきた玲央《れお》に連《つ》れられ中庭《なかにわ》に。

「じつは、琴葉《ことは》がここで友達《ともだち》とよくお弁当《べんとう》を食《た》べてるの見《み》てたんだよね」

「え、そうなの？」

全然《ぜんぜん》気《き》がつかなかったんだけど。

「前《まえ》から琴葉《ことは》のこと知《し》ってたって、昨日《きのう》言《い》ったでしょ？　ずっと羨《うらや》ましいなって見《み》てたんだよ」

ふわっと笑《わら》うその表 情《ひょうじょう》はとても優《やさ》しい。

「ようやく一緒《いっしょ》に食《た》べられてうれしいな」

その甘《あま》い目《め》を向《む》けられるとなんだかむずがゆく感《かん》じて、まともに玲央《れお》のことが見《み》られないや。

これは間違《まちが》いなく人《ひと》たらしだ。こんな魅力《みりょく》にあふれた人《ひと》がいたら、人目《ひとめ》も気《き》にせず告白《こくはく》しちゃう子《こ》の気持《きも》ちもわかる気《き》がする。

「ねえ、これからはお昼《ひる》も帰《かえ》りも迎《むか》えに行《い》くから待《ま》っててね。他《ほか》の男子《だんし》と浮気《うわき》したらダメだからね」

「浮気《うわき》って。そ、そういうことは好《す》きな人《ひと》に言《い》うものだよ！」

無駄《むだ》にあたふたしてしまう。

そんな冗談《じょうだん》を私《わたし》にしないでほしい。

「え？」

私《わたし》の言葉《ことば》に、きょとんとする玲央《れお》。

「玲央《れお》は社交辞令《しゃこうじれい》に慣《な》れてるかもしれないけど、私《わたし》は彼氏《かれし》いたこともないし、そういうのに耐性《たいせい》ないんだからやめてよ」

「いたら速攻《そっこう》で潰《つぶ》してるよ」

「……？」

ニコリと笑《わら》う玲央《れお》は、すぐに難《むずか》しい顔《かお》をする。

一方《いっぽう》の私《わたし》は、玲央《れお》の言葉《ことば》の意味《いみ》がわからず首《くび》をかしげる。

「こんなにわかりやすくしてるのにダメか……。普通《ふつう》の子《こ》ならこっちが望《のぞ》んでなくても勘違《かんちが》いするのに……」

玲央《れお》が何《なに》かつぶやいていたけどよく聞《き》こえない。

「うん？　何《なに》？」

「……琴葉《ことは》って案外鈍感《あんがいどんかん》だよね」

「ん？」

意味《いみ》がわからなくて、私《わたし》は再《ふたた》びコテンと首《くび》をかしげた。

鈍感《どんかん》？　私《わたし》が？

爽《さわ》やかに悪口《わるくち》を言《い》われたのは気《き》のせい？

考《かんが》え込《こ》んでいる私《わたし》を、玲央《れお》は楽《たの》しそうに見《み》つめていた。

本気《ほんき》になった総長《そうちょう》さま

そんなこんなで、それから三日後《みっかご》。

誰《だれ》にも本気《ほんき》にならない玲央様《れおさま》に、とうとう本命《ほんめい》ができたと噂《うわさ》が回《まわ》るのは、あっという間《ま》だった。

私《わたし》は何度《なんど》も否定《ひてい》するのに誰《だれ》も信《しん》じてくれない。

環《たまき》ちゃんは信《しん》じてくれるかと思《おも》ったのに、生《なま》あたたかい目《め》で肩《かた》を叩《たた》かれるだけ。

絶対《ぜったい》に勘違《かんちが》いしてる！

ちょっと懐《なつ》かれただけなのに。それもこれも玲央《れお》のせいだ。

だって休《やす》み時間《じかん》のたびに玲央《れお》が私《わたし》に会《あ》いに来《く》るんだもん。隣《となり》の教室《きょうしつ》だから行《い》き来《き》もしやすいんだろうね。

だから余計《よけい》に変《へん》な噂《うわさ》が立《た》っちゃって、玲央《れお》から噂《うわさ》を否定《ひてい》してくれるように頼《たの》んだのに聞《き》いてくれない。

普段《ふだん》から騒《さわ》がれ慣《な》れている玲央《れお》だから気《き》にするなってことなのかもしれないけど、私《わたし》はごくごく平凡《へいぼん》な一般庶民《いっぱんしょみん》なのに……。

そして迎《むか》えた昼休《ひるやす》み。

「玲央様《れおさま》、一緒《いっしょ》にお昼《ひる》ご飯食《はんた》べませんか？」

「無理《むり》。俺《おれ》は琴葉《ことは》といるから」

数日前《すうじつまえ》まで笑顔《えがお》を振《ふ》りまいていたみんなの玲央様《れおさま》はそこにはおらず、昼食《ちゅうしょく》を誘《さそ》う女《おんな》の子《こ》たちをすげなく断《ことわ》っていた。

これまでなら最低限《さいていげん》の笑《え》みを浮《う》かべつつ、相手《あいて》に仕方《しかた》ないと思《おも》わせる空気《くうき》を作《つく》っていたのに、それすらなくなっている。

「私《わたし》はいいから行《い》ってきたら？」

「なんで？　琴葉《ことは》は俺《おれ》と一緒《いっしょ》にいたくないの？」

「そ、そういうわけじゃないよ」

落《お》ち込《こ》んだ寂《さび》しそうな顔《かお》をされると、否定《ひてい》できなくなる。

フリをしているとわかっていても拒否《きょひ》できないでいるのは、私《わたし》が悪《わる》いわけじゃないと思《おも》いたい。

すごすごと引《ひ》き下《さ》がった女《おんな》の子《こ》たちだったけど、教室《きょうしつ》から出《で》ていく瞬間《しゅんかん》、私《わたし》を刺《さ》すような目《め》で睨《にら》みつけてきたのをばっちり見《み》てしまった。

自分《じぶん》から進《すす》んで人《ひと》に声《こえ》をかけることのなかった玲央《れお》の豹変《ひょうへん》した今《いま》の姿《すがた》を見《み》たら、玲央《れお》のファンにとって面白《おもしろ》いはずがないのは私《わたし》でもわかる。

確実《かくじつ》にファンの逆鱗《げきりん》に触《ふ》れてるよね。

でも、それをわかっていながら玲央《れお》を拒絶《きょぜつ》しきれずにいるのは、嫌《いや》じゃないからだ。

公園《こうえん》で見《み》た玲央《れお》の寂《さび》しそうな顔《かお》と、今《いま》の楽《たの》しそうな顔《かお》。

私《わたし》に打《う》ち明《あ》けてくれた本当《ほんとう》の心《こころ》の声《こえ》を聞《き》いてから、玲央《れお》に興味《きょうみ》がなかったころの私《わたし》はもういない。

だから、まわりが気《き》になりつつもそばにいるようになった。

玲央《れお》と一緒《いっしょ》にいれば嫉妬《しっと》されるのは仕方《しかた》ないと、ある程度《ていど》は覚悟《かくご》の上《うえ》だ。

でも、クラスメイトから大《たい》したことは言《い》われなかったから気《き》を抜《ぬ》いていたのが悪《わる》かったんだろうね。


数日後《すうじつご》のお昼休《ひるやす》みの途中《とちゅう》、先生《せんせい》から頼《たの》まれごとをされ、人《ひと》があまり来《こ》ない別館《べっかん》の廊下《ろうか》を歩《ある》いていると、突然上級生《とつぜんじょうきゅうせい》と思《おも》われる男女《だんじょ》に囲《かこ》まれた。

女子《じょし》はひとり、男子《だんし》は三人《さんにん》。

「こいつで合《あ》ってんの？」

「うん。間違《まちが》いない」

そんなやりとりをする男女《だんじょ》からは不穏《ふおん》な空気《くうき》が漂《ただよ》っていて、〝逃《に》げろ〟と頭《あたま》の中《なか》で警告音《けいこくおん》が鳴《な》る。

慌《あわ》てて踵《きびす》を返《かえ》すけれど、あっさりと男子生徒《だんしせいと》に手《て》をつかまれてしまった。

「やだ、やめて！　何《なに》!?」

必死《ひっし》に腕《うで》を動《うご》かして暴《あば》れるけど、三人《さんにん》の男《おとこ》の子《こ》に囲《かこ》まれたら身動《みうご》きがとれなくなった。

何《なに》が起《お》きてるの？　怖《こわ》い……。

助《たす》けを求《もと》めたいけど、あたりに人《ひと》がいる気配《けはい》はなかった。

「あんたが悪《わる》いのよ。玲央様《れおさま》はみんなのもので、特別《とくべつ》なんて作《つく》っちゃダメなの」

私《わたし》はすぐに理由《りゆう》を察《さっ》する。

玲央《れお》と一緒《いっしょ》にいることで反感《はんかん》を抱《いだ》かれているのはわかっていたけど、こうやって直接的《ちょくせつてき》に攻撃《こうげき》されるなんて思《おも》ってもみなかった。

「チャンスをあげる。今後《こんご》、玲央様《れおさま》に近《ちか》づかないって誓《ちか》うなら離《はな》してあげる」

その上《うえ》から目線《めせん》の言葉《ことば》が、すごく不快《ふかい》に感《かん》じるのはなぜかな。

玲央《れお》の笑《わら》っている顔《かお》を今思《いまおも》い出《だ》すのはどうしてなのかな。

理由《りゆう》なんて本当《ほんとう》はもうわかっているのに。

「絶対《ぜったい》に嫌《いや》！　玲央《れお》が望《のぞ》む限《かぎ》りは一緒《いっしょ》にいる」

答《こた》えなんて、考《かんが》えるまでもなく決《き》まっている。

「ふーん。せっかくチャンスをあげたのに、逆《さか》らうなんてバカだよね。やっちゃっていいよ」

「ははっ、ＯＫ《オーケー》ー」

「女《おんな》ってほんと怖《こわ》いよなぁ」

「まったくだ」

下卑《げび》た笑《え》みを浮《う》かべて、私《わたし》を近《ちか》くの空《あ》き教室《きょうしつ》に連《つ》れ込《こ》もうと引《ひ》っ張《ぱ》ってくる三人《さんにん》の男《だん》子《し》。

学校《がっこう》の男子生徒《だんしせいと》の多《おお》くはクラージュに所属《しょぞく》しているけれど、全員《ぜんいん》じゃない。

それに、玲央《れお》が総長《そうちょう》であることに不満《ふまん》を持《も》っている生徒《せいと》も少《すく》なからずいる。

きっとこの男子《だんし》たちもそうなのかもしれない。

絶対《ぜったい》に言《い》うとおりになるもんかと、必死《ひっし》で叫《さけ》び、暴《あば》れて抵抗《ていこう》する。

「やめて！　放《はな》して！」

でもやっぱり男《おとこ》の子《こ》三人《さんにん》を相手《あいて》に敵《かな》うわけなくて、ずるずると引《ひ》きずられていき空《あ》き教室《きょうしつ》のドアが開《ひら》かれた。

じわりと涙《なみだ》が浮《う》かんでくる。

その時《とき》、私《わたし》の肩《かた》に腕《うで》を回《まわ》していた男《おとこ》の子《こ》が急《きゅう》に横《よこ》に吹《ふ》っ飛《と》んだ。

「えっ？」

何《なに》が起《お》きたかわからずにいるのは私《わたし》だけじゃなくて、他《ほか》の男《おとこ》の子《こ》ふたりも呆気《あっけ》に取《と》られている。

「俺《おれ》の琴葉《ことは》に手《て》を出《だ》すなんて覚悟《かくご》はできてるんだろうな？」

低《ひく》くすごむような声《こえ》が聞《き》こえてきたほうを見《み》ると、怒《いか》りを露《あら》わにした玲央《れお》が立《た》っていた。

「ひっ」

玲央《れお》の発《はっ》する威圧感《いあつかん》に気圧《けお》された男《おとこ》の子《こ》たちは小《ちい》さな悲鳴《ひめい》を上《あ》げると、じりじり後退《こうたい》していく。

助《たす》かったの……？

「今《いま》すぐその汚《きたな》い手《て》を離《はな》せ」

「あ、これは違《ちが》うんだよ」

「聞《き》こえなかったか？　離《はな》せって言《い》ってるんだよ」

その言葉《ことば》とともに男《おとこ》の子《こ》に殴《なぐ》りかかった玲央《れお》のおかげで、私《わたし》は男《おとこ》の子《こ》たちから解放《かいほう》される。

玲央《れお》はとめどない怒《いか》りを発散《はっさん》するかのように、男《おとこ》の子《こ》たちをのしていく。

さすがにこれ以上《いじょう》はやりすぎちゃう。

「玲央《れお》！」

名前《なまえ》を呼《よ》んだら、玲央《れお》はぴたりと動《うご》きを止《と》めて私《わたし》を振《ふ》り返《かえ》った。

そして私《わたし》の無事《ぶじ》を確認《かくにん》するように抱《だ》きしめる。

「わわっ。離《はな》して、玲央《れお》！」

「やだ。琴葉《ことは》は目《め》の届《とど》くところにいないとダメだってよくわかったから」

そもそもの発端《ほったん》は玲央《れお》なんだけど、それを言《い》ったら落《お》ち込《こ》んじゃいそう。

「玲央様《れおさま》、その子《こ》から離《はな》れて！」

そう叫《さけ》ぶように声《こえ》を発《はっ》する女《おんな》の子《こ》のほうに目《め》を向《む》けると、その瞳《ひとみ》の奥《おく》は嫉妬《しっと》に燃《も》えていた。

玲央《れお》が本当《ほんとう》に好《す》きなんだ。

だからってこんなことしていいはずがない。

玲央《れお》も同情《どうじょう》の余地《よち》なしと判断《はんだん》したのか、その眼差《まなざ》しは冷《つめ》たい。

女《おんな》の子《こ》は怯《ひる》むけど、好《す》きな人《ひと》にそんな目《め》で見《み》られたらそうなるよね。

なんだかかわいそうになって見《み》ていると、女《おんな》の子《こ》はスマホの画面《がめん》をこちらに向《む》けた。

「今《いま》、玲央様《れおさま》がそいつらをボコった動画《どうが》を撮《と》ったから、これを全世界《ぜんせかい》に流《なが》してほしくなかったら、私《わたし》と付《つ》き合《あ》って！」

「なっ！　そんなのひどい！」

好《す》きだからと言《い》って脅《おど》すなんてやり方《かた》が汚《きたな》い。

私《わたし》は思《おも》わず声《こえ》を上《あ》げていた。

モデルとして活動《かつどう》する御曹司《おんぞうし》の玲央《れお》にとったら、きっと大《おお》きなダメージになる。

この状況《じょうきょう》が全世界《ぜんせかい》に流出《りゅうしゅつ》しちゃったら、モデルの仕事《しごと》なんかできなくなるよね。

実家《じっか》の会社《かいしゃ》も大《おお》きな損害《そんがい》を受《う》けるかもしれない。

総長《そうちょう》とはいえ、学校《がっこう》でも大問題《だいもんだい》になる。

どうしよう。スマホを奪《うば》って壊《こわ》しちゃおうか。

でも、すでにバックアップされていたら意味《いみ》ないし、どうしたら……。

必死《ひっし》に頭《あたま》を働《はたら》かせながらも動揺《どうよう》している私《わたし》に、冷静《れいせい》な玲央《れお》の声《こえ》が響《ひび》いた。

「勝手《かって》にすれば？」

「え？」

「全世界《ぜんせかい》に流《なが》したいなら止《と》めないよ」

玲央《れお》からの予想外《よそうがい》の言葉《ことば》に、女《おんな》の子《こ》はひどく困惑《こんわく》しているのがわかる。

「な、なんで？　だって、これでモデルの仕事《しごと》ができなくなるかもしれないんだよ？　家《いえ》や親《おや》に迷惑《めいわく》だってかけるかもしれないのに？」

脅《おど》している張本人《ちょうほんにん》のくせに、どの口《くち》が言《い》うのかって思《おも》ったけど、私《わたし》も彼女《かのじょ》に同意《どうい》だ。

玲央《れお》の未来《みらい》が台無《だいな》しになっちゃう。

玲央《れお》はそれでいいの？

玲央《れお》を見上《みあ》げる。

すると、私《わたし》の視線《しせん》に気《き》がつき、目《め》を合《あ》わせてニコリと笑《わら》った玲央《れお》。

「琴葉《ことは》を守《まも》れたのならそれで十分《じゅうぶん》だし。それでまわりになんて思《おも》われたって俺《おれ》はどうでもいいよ。それに、クラージュの総長《そうちょう》に専念《せんねん》できるからね。モデルより総長《そうちょう》しているほうが琴葉《ことは》を守《まも》りやすいなら、モデルなんていつでもやめてやる。しかも、この程度《ていど》のこと、うちの親《おや》はなんとも思《おも》わないよ」

少《すこ》しの迷《まよ》いも見《み》せない玲央《れお》に、私《わたし》はどう反応《はんのう》していいのかわからなかった。

私《わたし》のためなの？　どうして？

その答《こた》えを知《し》る前《まえ》に、女《おんな》の子《こ》は怒《いか》りからなのか恥《は》ずかしさからなのか、顔《かお》を真《ま》っ赤《か》にして走《はし》り去《さ》っていった。

そして、男《おとこ》の子《こ》たちもいつの間《ま》にかいなくなっていた。


「玲央《れお》、助《たす》けてくれてありがとう。でも、いいの……？」

「まったく問題《もんだい》なし。琴葉《ことは》は前《まえ》に、人《ひと》を好《す》きになるのは無理《むり》やりできるものなんかじゃないって言《い》ったのを覚《おぼ》えてる？」

「うん」

今《いま》、思《おも》い返《かえ》すと恥《は》ずかしい。玲央《れお》に説教《せっきょう》をした時《とき》の言葉《ことば》だもん。

「それを聞《き》いてさ、無理《むり》しなくていいんだって、なんか安心《あんしん》したんだ。それと同時《どうじ》に、琴《こと》葉《は》の言葉《ことば》をすんなり信《しん》じてる自分《じぶん》に気《き》がついて、あ、こういうことなのかなって」

真剣《しんけん》な玲央《れお》の目《め》から目《め》が離《はな》せない。

心臓《しんぞう》がドキドキと高鳴《たかな》るのはなぜだろう。

「俺《おれ》は琴葉《ことは》が好《す》きみたい。琴葉《ことは》には突然《とつぜん》かもしれないけど、琴葉《ことは》が俺《おれ》を拾《ひろ》ってくれるよりずっと前《まえ》から気《け》になってた。あんな情《なさ》けないことを言《い》っちゃうくらい、琴葉《ことは》に俺《おれ》を知《し》ってほしかったんだ。……ねえ、琴葉《ことは》。こんな弱《よわ》い俺《おれ》でも受《う》け入《い》れてくれる？」

総長《そうちょう》でモデルで御曹司《おんぞうし》で……つねに人《ひと》の輪《わ》の中心《ちゅうしん》にいる特別《とくべつ》な人《ひと》。

だけど、話すようになってからの玲央《れお》が私《わたし》に見《み》せていた姿《すがた》は、そのどれでもない。

繊細《せんさい》だけどいつだって優《やさ》しくて素直《すなお》な、同《おな》い年《どし》の男《おとこ》の子《こ》だった。

そんな彼《かれ》に惹《ひ》かれている自分《じぶん》を隠《かく》すことなんてできない。

告白《こくはく》を受《う》け入《い》れると伝《つた》えるために、こくりとうなずく。

そうすれば、玲央《れお》はうれしそうに喜《よろこ》び、その様子《ようす》は年相応《としそうおう》の男《おとこ》の子《こ》の反応《はんのう》だった。

「本当《ほんとう》に？　やった！」

「私《わたし》は一度《いちど》も玲央《れお》が弱《よわ》いなんて思《おも》ったことないよ。今《いま》も助《たす》けに来《き》てくれてすごくかっこよかったもん」

玲央《れお》は私《わたし》を守《まも》ってくれる、私《わたし》だけのヒーローだ。

「琴葉《ことは》の前《まえ》ではいろいろさらけ出《だ》しちゃう分《ぶん》、ここぞって時《とき》には、かっこいい俺《おれ》でいたいからね」

そう言《い》って恥《は》ずかしそうに笑《わら》う玲央《れお》。

「…………」

いつもはかっこよくて大人っぽいけど、ふとした時《とき》に見せるあどけなさ……。

玲央《れお》の表情《ひょうじょう》、仕草《しぐさ》一《ひと》つひとつに、胸《むね》がきゅんとする。

そんな玲央《れお》に見《み》とれていると、玲央《れお》は照《て》れながら口《くち》を開《ひら》いた。

「ねえ、さっきの返事《へんじ》、ちゃんと言葉《ことば》で聞《き》きたいな」

「えっ……」

言葉《ことば》にするのが恥《は》ずかしくて行動《こうどう》で伝《つた》えたのに……。

でも、玲央《れお》はちゃんと言葉《ことば》にしてくれたのに、私《わたし》はしないなんてずるいよね。

「あの、えっと……」

玲央《れお》の顔《かお》を見《み》られず口《くち》ごもっている私《わたし》を、根気強《こんきづよ》く待《ま》つ玲央《れお》。

私《わたし》は拳《こぶし》をグッと握《にぎ》って気合《きあい》を入《い》れると、

「わ、私《わたし》も玲央《れお》が好《す》きです！」

玲央《れお》をまっすぐに見《み》て、力強《ちからづよ》く伝《つた》える。

次《つぎ》の瞬間《しゅんかん》、ちゃんと言《い》えたとホッとする。

すると、玲央《れお》は他《ほか》の子《こ》には見《み》せたことがないであろう、私《わたし》にだけ向《む》ける嘘偽《うそいつわ》りのない笑顔《えがお》を浮《う》かべた。

直後《ちょくご》、玲央《れお》に抱《だ》き寄《よ》せられて額《ひたい》にキスをされる。

私《わたし》は真《ま》っ赤《か》になりながらも、うれしそうな玲央《れお》の笑顔《えがお》を見《み》つめて微笑《ほほえ》んだ。

END

『総長さま、溺愛中につき。　特別番外編★スイーツイベント？』

著・＊あいら＊

2010年8月『極上♥恋愛主義』が書籍化され、ケータイ小説史上最年少作家として話題に。ケータイ小説文庫のシリーズ作品では、『溺愛120％の恋♡』シリーズ（全6巻）、『総長さま、溺愛中につき。』（全11巻）に引き続き、『極上男子は、地味子を奪いたい。』（全6巻）も大ヒット。野いちごジュニア文庫でも、胸キュンしたい読者に多くの反響を得ている。

絵・茶乃ひなの（ちゃの　ひなの）

愛知県出身。アプリのキャラクターイラストや、小説のカバーイラストを手掛けるイラストレーター。A型。趣味は読書で、特に恋愛ものがすき。

『幼なじみな総長さまの一途な溺愛』

著・ゆいっと

栃木県在住。愛猫と戯れることが日々の癒やし。単行本版『恋結び～キミのいる世界に生まれて～』（原題・『許される恋じゃなくても』）にて書籍化デビュー。近刊は『キミに胸きゅんしすぎて困る！ワケありお隣さんは、天敵男子!?』『爆モテ男子からの「大好き♡」がとまりません！』など（すべてスターツ出版刊）。

『極悪非道な総長さまからの溺愛が止まらない』

著・美甘うさぎ（みあま　うさぎ）

神奈川県生まれのみずがめ座。ばにぃ名義の『狼彼氏×天然彼女』シリーズは、小説サイト「野いちご」内にて、累計1億9千万PVを超えるアクセスヒットを記録。文庫本も累計27万部を突破。ほか、『GOLD BOY』シリーズ、『愛してよダーリン』、「ぞっこん☆BABY～チャラ男のアイツ～」、『モテすぎる先輩の溺甘♡注意報』、『今日から私、キケンでクールな彼に溺愛されます。』、『はつ恋ダイアリー！』（すべてスターツ出版刊）など著作多数。

『誰にも本気にならないはずの総長さま』

著・クレハ

大阪府在住。『復讐を誓った白猫は竜王の膝の上で惰眠をむさぼる』（アリアンローズ刊）でデビュー。『鬼の花嫁～運命の出逢い～』（スターツ出版刊）をはじめとする『鬼の花嫁』シリーズで大ヒットを記録。

絵・カトウロカ

11月24日生まれのO型。宮城県出身の漫画家。好きなものはミッフィー。

2024年10月20日 初版第1刷発行

総長さまスペシャル　もっと甘々♡

著　　者　＊あいら＊　©＊ Aira ＊ 2024
ゆいっと　© Yuitto 2024
美甘うさぎ　© Usagi Miama 2024
クレハ　© Kureha 2024
発 行 人　菊地修一
デザイン　北國ヤヨイ（ucai）
発 行 所　スターツ出版株式会社
〒104-0031 東京都中央区京橋1-3-1 八重洲口大栄ビル7F
TEL 03-6202-0386（出版マーケティンググループ）
TEL 050-5538-5679（書店様向けご注文専用ダイヤル）
https://starts-pub.jp/
印 刷 所　大日本印刷株式会社

Printed in Japan
ISBN 978-4-8137-8177-6 C8293

ファンレターのあて先

〒104-0031　東京都中央区京橋1-3-1 八重洲口大栄ビル 7F
スターツ出版（株）書籍編集部 気付
＊あいら＊先生、ゆいっと先生、美甘うさぎ先生、クレハ先生
いただいたお便りは編集部から先生におわたしいたします。

ドキドキ＆胸《むね》きゅんがいっぱい！

野《の》いちごジュニア文庫《ぶんこ》 人気《にんき》作品《さくひん》の紹介《しょうかい》

余命半年《よめいはんとし》、きみと一生分《いっしょうぶん》の恋《こい》をした。

みなと・著《ちょ》

幼《おさな》いころ白血病《はっけつびょう》だったせいで、無理《むり》に笑《わら》うクセがついていた中《ちゅう》2のひまり。通学《つうがく》バスで出会《であ》った晴臣《はるおみ》だけは、「俺《おれ》の前《まえ》ではムリするな」と言《い》ってくれた。クールだけど優《やさ》しい彼《かれ》と一緒《いっしょ》にいるうちに、ひまりは本当《ほんとう》の笑顔《えがお》を取《と》り戻《もど》した。そんな中《なか》、病気《びょうき》が再発《さいはつ》して、余命《よめい》わずかだと告《つ》げられてしまい…。命《いのち》の尊《とうと》さと純愛《じゅんあい》に号泣《ごうきゅう》の感動物語《かんどうものがたり》。

ISBN978-4-8137-8175-2
定価《ていか》：847円《えん》（本体《ほんたい》770円《えん》＋税《ぜい》10%）

青春

保健室《ほけんしつ》で寝《ね》ていたら、爽《さわ》やかモテ男子《だんし》に甘《あま》く迫《せま》られちゃいました。

凩《こがらし》ちの・著《ちょ》

保健室《ほけんしつ》で寝《ね》ていた中《ちゅう》2の菜花《なのは》。目《め》を覚《さ》ますと、めちゃモテ男子《だんし》・夏目《なつめ》くんになぜか後《うし》ろから抱《だ》きしめられていて…!?「俺《おれ》と一緒《いっしょ》に寝《ね》てくれない？」と衝撃発言《しょうげきはつげん》！　スキあらば迫《せま》ってくる夏目《なつめ》くんの溺愛攻《できあいぜ》めに、はじめは戸惑《とまど》う菜花《なのは》だったけれど、ピンチの時《とき》は助《たす》けてくれたり本当《ほんとう》は優《やさ》しい彼《かれ》のことが次第《しだい》に気《き》になって…。ドキドキ学園《がくえん》ラブ♡

ISBN978-4-8137-8174-5
定価《ていか》：858円《えん》（本体《ほんたい》780円《えん》＋税《ぜい》10%）

恋愛

溺愛《できあい》MAX《マックス》な恋《こい》スペシャル♡Pink《ピンク》
野《の》いちごジュニア文庫超人気《ぶんこちょうにんき》シリーズ集《しゅう》！

＊あいら＊・高杉六花《たかすぎりっか》・青山《あおやま》そらら・ゆいっと・著《ちょ》

野《の》いちごジュニア文庫《ぶんこ》で絶対《ぜったい》にはずせない！　大人気《だいにんき》シリーズの溺愛《できあい》ラブを5つお届《とど》け！「総長《そうちょう》さま、溺愛中《できあいちゅう》につき。」と「ウタイテ！」の2大《だい》きゅんコラボ!?　無敵《むてき》の総長《そうちょう》さま、人気絶大《にんきぜつだい》な歌《うた》い手《て》たち、同居中《どうきょちゅう》のめちゃモテ男子《だんし》…タイプの違《ちが》う最強男子《さいきょうだんし》たちからキケンなくらい愛《あい》されちゃう!?　ここでしか読《よ》めないスペシャルなお話《はなし》が大集合《だいしゅうごう》♡

ISBN978-4-8137-8173-8
定価《ていか》：836円《えん》（本体《ほんたい》760円《えん》＋税《ぜい》10%）

恋愛

ドキドキ＆胸《むね》きゅんがいっぱい！

野《の》いちごジュニア文庫《ぶんこ》 人気《にんき》作品《さくひん》の紹介《しょうかい》

最強《さいきょう》ボディガードの幼《おさな》なじみが、絶対《ぜったい》に離《はな》してくれません！ 【取《と》り扱《あつか》い注意《ちゅうい》⚠最強男子《さいきょうだんし》シリーズ】

梶《かじ》ゆいな・著《ちょ》

名門《めいもん》の宝城学園《ほうじょうがくえん》に通《かよ》う美羽《みはね》は、心配性《しんぱいしょう》なお父《とう》さんにボディガードをつけられる。その正体《しょうたい》は、超《ちょう》イケメン幼《おさな》なじみの恭弥《きょうや》と仲間《なかま》の先輩達《せんぱいたち》で!?　モテモテだけど女子《じょし》に無《む》関心《かんしん》な恭弥《きょうや》。でも、美羽《みはね》には「ずっと一緒《いっしょ》にいたい」と宣《せん》言《げん》！　ピンチの時《とき》は絶対《ぜったい》に助《たす》けてくれる恭弥《きょうや》に美羽《みはね》もドキドキが止《と》まらなくて…。最強男子《さいきょうだんし》の甘々《あまあま》ギャップに注意《ちゅうい》♡

ISBN978-4-8137-8172-1
定価《ていか》：814円《えん》（本体《ほんたい》740円《えん》＋税《ぜい》10%）

恋愛

都道府県男子《とどうふけんだんし》！① イケメン47人《にん》が地味子《じみこ》を取《と》り合《あ》い!?

あさばみゆき・著《ちょ》

中《ちゅう》2のほずみは漫画《まんが》が大好《だいす》き。ある日《ひ》、苦手《にがて》な地理《ちり》の宿題《しゅくだい》中《ちゅう》、都道府県《とどうふけん》をイメージした男子《だんし》を落書《らくが》きしたら…なんと学校《がっこう》にイケメンだらけのクラスが現《あらわ》れて!?　クールな東《とう》京《きょう》くん、ムードメーカーの大阪《おおさか》くん…全員《ぜんいん》、落書《らくが》きした男《だん》子《し》たち!?　さらに、ほずみを取《と》り合《あ》う溺愛《できあい》バトルがはじまって…!?　大人気《だいにんき》あさばみゆきが贈《おく》る擬人化《ぎじんか》ラブコメ♡

ISBN978-4-8137-8171-4
定価《ていか》：825円《えん》（本体《ほんたい》750円《えん》＋税《ぜい》10%）

恋愛

イジメ返《がえ》し　イジメっ子《こ》3人《にん》に仕返《しかえ》しします

なぁな・著《ちょ》

中《ちゅう》1の花菜《はな》のクラスには、カーストトップの早紀《さき》、澪《みお》、青《あお》葉《ば》がいる。ささいなことがきっかけで、花菜《はな》は早紀《さき》たちからイジメられるように…。つらい日々《ひび》を送《おく》っていた時《とき》、隣《となり》のクラスの美少女《びしょうじょ》・カンナから「イジメ返《がえ》し」を提案《ていあん》されて…!?　「100倍《ばい》にして、仕返《しかえ》ししない？」さぁ、一《いっ》緒《しょ》にはじめよう。とびきりのイジメ返《がえ》し——。

ISBN978-4-8137-8170-7
定価《ていか》：836円《えん》（本体《ほんたい》760円《えん》＋税《ぜい》10%）

ホラー